三民叢刊 111

愛廬談心事

黃永武 著

三民書局 印行

序

黃永武

如果說一個國家最重要的是歷史，那麼一個人最重要的就是記憶；如果說國家可以被毀滅，歷史不容被毀滅，那麼個人生命可以被終止，而個人特殊的記憶不該被終止。放眼看這個年代，國家的前途茫茫，個人的生命艸艸，史實又如此容易被遺忘、扭曲，甚至倒錯，因而私人記憶的紀錄與保存，就益發顯得必要、迫切、與十分珍貴。

前年在日本京都，遇到幾位曾是紅衛兵的大陸留學生，他們雖然已經明白毛澤東的禍害深鉅，但是對於抗戰經過乃至中共統治初期中國人的災難重重，都竟茫然不曉，令我大感驚訝，這不僅對抗日反共的受難者是一大虧欠，也對吾人堅守海島，爭取光明到來的苦節貞心，也是無心的抹殺。那時候我就格外珍惜個人半世紀來的所見所聞，好像上天故意讓我一人身歷抗戰逃亡、大陸淪陷及臺灣復興等多角度的場景，要我寫下記憶，替未來十多億同胞做一個見證。

近些年，臺灣的政治生態劇變，忘恩負義的人比比皆是，說臺灣有富裕開明的今天，是臺灣全體同胞的努力，這話固然沒有錯，但大陸同胞在「與水爭地」「土法鍊鋼」中誰不是日夜努力，辛苦萬狀？卻得了個與富裕開明相反的一窮二白！所以努力是一回事，誰導引我們努力是另一回事，臺灣能有今天，是誰在倭奴的鐵蹄下光復了臺灣？是誰在赤潮漫天下擋住了赤化？是誰導引臺灣走向自由光明富裕而沒有淪為奴隸餓殍？光復初期的殘破景象，與大陸赤化後的屠戮慘劇，總該讓我們想到何其堅忍何其幸運能撐到了今天幸福的一日！

我是深深以參與了反共復國的行列，為一生最大的榮耀。但是一批留美的年輕學人，一批當地的青年才髦，把反共看作一種隨風逝去的情懷，把良知理性的大事業等同夢囈八股，信仰也成了笑話，其實中國有中國的氣節，西方有西方的現實，强以西方的現實來嘲笑中國的氣節，根本就是以圓鑿來正方枘，乃是格格不入的曲解。英雄有英雄的宏謀，侏儒有侏儒的盤算，强以侏儒的盤算去嘲笑英雄的韜略，也無異於燕雀笑鵬鵬而已！面對這些自大夜郎的紈袴驕態，禁不住要問：鄭成功只是覇占臺灣的獨裁者嗎？朱舜水飄零日本到死也不肯回國，毫無意義嗎？寧可蹈東海而義不帝秦的魯仲連被後人尊稱為「天下士」，只是他個人的情緒發洩？他的信仰也很可笑嗎？歷史與記憶是如此任隨後人遊戲踐踏的麼？這時候我就格外珍惜半世紀來的所見所聞，要供無數同胞來省悟回想呢！

我只是個小人物，但是小人物的回憶中，一樣可以窺見殷殷闐闐萬頭鑽動的大時代；就像一株小樹篩動的枝葉間，一樣可以窺測赫赫炎炎投影宛然的大太陽！很多人說中共的本質正在大幅地改變，兩岸的態勢早已時移事往，非復當年，即使臺灣的信仰也已經動搖改轍，還寫這些陳年舊事做什麼？其實中共的和平轉變乃至蘇聯的崩解毀滅，正是臺灣經驗最具意義的所在，兩岸態勢的解凍接近，也正是正視歷史龜鑑的好時機，寫這些追憶，不只在作傷痛的感懷，而是要加速掙脫野蠻愚蠢，重建人性的尊嚴，忠實地錄下所見所聞的記憶，對迷失於歷史空白期中玩世不恭的一羣，自該有振聾發聵的作用。

《愛廬談心事》所錄為片片斷斷的追憶，但它不是先由編年記事有系統地循序寫成，而是集合各報刊主編不同命題、不同字數限制的短篇，彙攏成書，像〈千里暮雲心更烈〉是應〈影響我最深的〉專欄；〈妹妹的嫁衣〉是應〈媽媽的一句話〉專欄；〈文學因緣〉是應〈從坎坷到坦途〉專欄；〈我愛臺南〉是應〈第一個城市〉專欄；〈難忘的農曆年〉是應〈新歲小品〉專欄……，寫作的時間沒有接續性，回憶的年次也沒有秩序性，各篇各有散開的目標，而總算隱約地概括了半生的記憶，當然仍有許多漏述的情事，但事件人物的聯散複述，不能避免有了重疊的現象，況且傳聞有早晚，感觸有今昔，例如〈母親在亂墳崗〉寫於開放探親之前，〈媽，別哭〉寫於兩岸通訊之後，為了保存那時「鄉訊何由達」「欲祭疑君在」的真實時空，不妨讓傳聞有些出入，但這些回憶並不同於文學的虛構，而儘可能保存史實的原貌，各篇之末保留寫作發表的日期，以便使文中的年次能吻合。有些篇名如〈一生相思全在詩〉〈在不確定的時代裡〉等均為編者所改定，文中的小標題也都出於編輯手筆，為了感謝他們的心血，都依樣排印，所以全書在體例上並不劃一，篇幅上也長短不勻。

不過，體例上的純不純一，篇幅上的勻不勻稱，不是本書計較的重點，《愛盧談心事》，顧名思義，重點在使久鬱的心事，不吐不快，而能忠實於歷史與記憶，這才是我所期待的。

民國八十四年一月於臺灣臺北

愛廬談心事

目錄

序

上輯

下輯

上輯

一生相思全在詩

臺南師範學院日前選舉了第一屆「傑出校友」，選舉會以電話傳捷訊道：「恭喜黃先生當選了！」南師創校已九十週年，校友二萬多人，傑出者不可勝數，怎麼輪到我？我很意外，還以爲現任的陳英豪院長是昔年的好鄰居，樓上樓下，情誼非淺，才特別照顧我，選舉會說：「選舉會經過長久的討論表決，才選定的，完全是你在學術上的成就，贏得大家的公認。」

學術上的貢獻，眞談不上，面對廣博無涯的學海，誰能不自嘆渺小？說起來，唯一足以自慰的，乃是我對詩歌愛好的執著，從南師紅樓上訂下的「詩盟」，歷經多少時空人事的滄桑，這分初心，竟絲毫不曾改變。

舊山詩盟紅樓上

掛上了南師打來的電話，心就整個被片片往事所翻騰攪動，勞生草草，春愁黯黯，既酸楚，亦甜蜜，而詩的因緣種子，就在臺南這個大田園裡播下了。

回想我的初中生活，每年換一個天翻地覆的大環境，初一在上海讀，五月上海爲共黨所淪陷，學期是提早結束的。初二到江蘇顏安中學讀，扭秧歌，鬥爭會，讀了一學期書，面黃肌瘦，又被迫休學。初三是逃亡到自由世界，半工半讀，在臺南一中補校畢業的。三年之中，國破家亡，萍蹤萬里，備嘗著戰亂的倉皇與重生的苦痛。

初一時只愛集郵票，大概想成個集郵家；初二回到江南水鄉，又想學農業；初三時生活無著，白天去臺南市政府幫忙抄三七五減租的農戶卡片，抄一百張可得幾毛錢，抄得手指紅腫，晚上去補校讀書，連筆記都寫不動。

但就在這個貧苦的錘鍊下，忽然懂得珍惜讀書的機會，發憤讀書起來，週末假日，就去臺南市立圖書館借閱課外書，那時讀到一本莫洛亞著的《雪萊傳》，這個有美德又有瑕疵的熱情詩人，深深地感動了我，也因此竟把我的性向固定了下來——我希望做一個詩人。雪萊說：「詩人是夜鶯，他在幽暗中歌唱著，來安慰自己的寂寞。」一定是困苦的心境，引導我把詩作爲生活中唯一的安慰。

那時我住在忠義路陳家祖祠後面的一條窄巷中，由於臺灣實施人事凍結，父親謀不到工作，由香港帶來的幾條毛氈衣物，都交我拿去公營當舖典當維生，有一次在當舖的屏風前後，瞥見一位初中補校的女同學，也來典當，驀然間多驚慌，她別過臉兒閃躲我，我也假裝沒見地躲她，兩人互不招呼的靦覥尷尬情況，至今還感到心跳難堪。

有時思念大陸上的母親，心灰意冷，就走去赤崁樓頭，抱緊欄杆上小小的石獅子，泫然欲泣，很快地，《雪萊傳》中的一句話就讓我振作起來：「唯有內心怯懦無力的人，纔會將自己委諸悲哀而不能自拔！」

初中畢業後，二哥永文到臺北考入臺大電機系，父親也去臺北謀生，仍無著落，只留下我在臺南，報考臺南師範，那時我已經沒有住處，幸好李正韜老先生留我，李先生曾任　蔣公的侍衛長，由於不曾及時撤退逃出，淪陷後才由港來臺，也失業窮困，他的兒子媳婦在臺南關帝廟旁，用竹篾蓆圍了個違章房間，泥磚的地皮，塵積的紅樑廟頂，李老先生和我都擠進去暫時棲身。

滿腔星斗絕塵囂

我報考了臺南師範，好像很有把握，不曾再報考其他學校，就安心等待放榜，這期間，拿一本《唐詩三百首》在關帝廟後側日夜諷誦，誦聲很大，那時國語說不好，用的是浙江調子。

廟裡沒有什麼香火，擠滿了難民住戶，都是些煤炭爐煙，旁側有一個石砌天井，一株二人高的石榴樹，與斑駁的紅磚牆，倒顯得古意盎然，適宜背詩。我背《唐詩三百首》，是從前面古詩背起，「胸中貯書一萬卷，不肯低頭在草莽……」好像這種長篇大論，氣勢雄宕，筆力豪放，讀來才能一舒心頭的鬱結。

三千人報考的臺南師範放榜了，我幸運地名居榜端第十四名，那是由於初中時朱世衡老師的循循善誘，使我的理化獲分極高，國語文方面，可惜不曾學過注音符號，平白丟了三十分。但是這暑假裡背誦的《唐詩三百首》，使我在國文方面，成爲日後積極向文學探索的起點。

進了臺南師範，雖然吃的是黃色有氣味的陳米飯，但總算有口固定的飯可吃，而在知識方面，卻可以任我貪婪地生吞活剝，大肆咀嚼，當時南師的圖書館裡，還有些三十年代的書，像臧克家的《古樹的花朵》與《冰心詩集》，小小的筆記本裡抄了不少雋語佳句，例如：「黃昏，還在遲疑留戀，燈火，到處給黑夜催生！」「紅牆衰草上的夕陽呵，快些落下去吧，你使許多的青年頹老了！」這些清詞麗句，特別適宜青澀的少年心靈。又讀西方文學名著，像惠特曼《草葉集》、《朗費羅詩集》、荷馬史詩《奧德賽》、哥德的《浮士德》都在南師讀的，又用了整整的一個暑假，讀《莎士比亞全集》，當然也摘抄了一本《莎翁妙語錄》，朱生豪譯的《莎翁全集》，譯筆才氣縱橫，一讀完，頓覺天地間引喻取譬，無所不可，好像文思一旦濬發，筆下就汩汩然自然湧出來了。

我一面拼命讀，也一面努力練習寫，那時我投稿的文藝刊物，有《野風》、《幼獅》、《海島文藝》、《半月文藝》、《青年戰士報》、《自由青年》、《中央副刊》……我用一本簿子，錄下投稿的日期與雜誌名稱，但是在「投稿結果」欄中，不少註了一個「退」字，只有《南市青年》與臺灣大學辦的《青年》雜誌，我這種學生作品常被登出，我將刊出的文章，一一剪貼留存，一位同班的劉同學有點看不慣，直言批評我說：「這樣水準的文章，你還要剪貼留戀，會有什麼出息呢？」

枕上新詩帶夢吟

當時我陷於寫作讀書的狂熱中，上課下課，都在讀我心愛的文學名著，斜風細雨，都是我擷取的詩材，雖沒有「少年聽雨歌樓上」的豪華，多少有些「為賦新詞強說愁」的做作，心弦上盡是文學詩歌的感應，所以並不以劉同學的反對意見為忤。我現在翻撿這本投稿紀錄簿，民國四十二年十一月，竟有向外投稿十一篇的最高紀錄，其中六篇被刊出，而大部是詩，像《野風》第五十八期上寫的：

跑進了鐘錶店
反而找不到時間
翻熟了辭海
反而解釋不出我的真諦

文字很稚嫩，但我自己明白：投稿就像爬階梯，期望的是達到階梯的頂層，現在一篇篇地寫，只是在奠下一片片往上踩的石級，石級不是留戀的所在，不必以此爲悲喜，當然石級的過程不能省略，必須依憑這些累積的石級，步步上踐，才有達到頂層的希望。所以退稿並沒有給我太大的挫折感，同時，全市全省性的論文比賽，我屢獲冠軍，也沒給我自負的驕傲，我當時寫詩自勉道：「偉大的成長總待悠長的季節！」回想那時清朗的胸襟，但覺滿腔星斗，一無塵滓，這南師的紅樓，就成了生命旅途中的第一站的摘星亭。

大概是睡前用腦過度吧？夜間常常失眠，後來我發明一種自我治療法，每當失眠，就默默背誦〈離騷〉，〈離騷〉很長，往往不及背完，就已經進入了夢鄉，可能背〈離騷〉比默數綿羊更能收斂散亂的思緒吧？

我一開始熱愛文學，就是新舊兼融的，〈離騷〉、唐詩之外，《飲水詞箋》、《駢體文鈔》、《四書》、《王陽明全書》，都是我喜讀的書，甚至最艱深的《易經》，也成爲我琅琅上口的著迷書。那時南師後面，有一大片南洋芒果園，園裡挖著縱橫的戰壕，旁邊是幾排被炸彈夷平的殘垣斷壁，行人稀少，是背書的好地方。坐在紅磚的殘牆上，望著芒果園上燦爛的晚霞，臉蛋也照得緋紅，夕照中，除了噴射機嘩嘩地掠過頭頂外，高文大典，儘我大聲地背啊背，背啊背！

與君花下説襟期

南師三年，都是林能雄先生擔任班上的導師，他送給我一册《詩韻全璧》，當時物力維艱，這本厚書是一份重禮，我習作舊詩，也就在那時開始的。林老師自己是個手不釋卷的書生，據説是因爲他在圖書館借書最勤，被朱匯森校長看中，擢拔林老師擔任嘉義師範的第一任校長，那時嘉師是南師的分校。

有一次大年初一，校內空盪盪的，我正在走廊角落背《易經》，朱校長和夫人走過，朱校長是最鼓勵學生讀書的，看到我就問在讀什麼書？見我手裡的是一本但衡今註的《周易淺釋》，朱校長忽然冒出一句：

「現在就讀《易經》，將來還要讀什麼書？」

當時我還弄不懂校長的意思，只見校長夫人一扯校長的衣袖道：

「大年初一，就要教人怎樣讀書嗎？」用力拉著朱校長快走，校長好像還想説些什麼，沒有説成，回了二次頭，那個印象至今十分深刻。

大年初一爲什麼沒回家？老實説，根本沒錢買車票，我連想也不曾敢想，年三十夜跟遺族同學們在學校大廚房過年，朱校長來和我們一起吃年夜飯，記得是包水餃，水餃盛好以後，蒸氣瀰漫，昏黃的燈光下，朱校長站起來說道：

「平常我不贊成你們喝酒，今天例外，來來來喝一杯！」

他說著就拿起一瓶白色的米醋來斟，天啊，哪裡有酒？引得全場大笑。

物質生活雖寒澀，倒沒覺得有什麼遺憾，同學們仍有喜歡把新發來的衣帽，故意弄髒摺舊的習慣，還有一點日據時代怕「新生好欺侮」的想法，所以破襪舊帽，表示老成，倒也過得很自在。那時候的心全在詩歌文學上，關心紅樓前面那株夜晚散出濃郁香味的合歡花，遠勝於生活上的惡衣惡食。現在回想起來，我能不抽煙、不喝酒、不賭博、不奢靡，都反要感謝貧窮生活之所賜了。

直到高三那年，父親總算謀到了一份臺南工業職校總務主任的差事，我才可以回家過年。臺南工職的宿舍，是日據時代的一座很大的瘋人院，六角形蜂窩格子狀的鐵絲網，依舊釘在窗外，一間間二坪大小的房間，我與父親各住一間，窗外院宇深深，院中央一株很大的緬梔花，常常落花遍地，白白的花，鹿角樣的禿枝，在雨季時就有一種特殊寂寞的況味。靜靜的院落，頗適宜沉思，眞不錯，適合瘋人住的地方大概也適合詩人住，西哲說過：詩人原本是住在瘋子隔壁的嘛！

一寸苦心誰為寫

南工宿舍在臺南郊外，宿舍後面有溪橋、有竹林、鷓鴣聲聲，在夕陽西下時常給人狂熱的感應。再往後走，是田野，芭樂園，楊桃園，採收剩下的金黃楊桃，熟透後掛在樹梢，特別香甜。眺眼遠方雲煙中盤著錦繡，這大田園，孕育了我豐富的詩思。

在南師畢業以後，在附屬小學服務，教自然科，起先二年多仍住在南工的宿舍裡，教學之餘，就只想寫詩，對著窗外的落英，望著粗鐵絲網上的星光，不時靈思奔湧。服務第一年寫了一本《呢喃集》，文體新創而特別，是詩劇的形式，我說它是「給心靈的言語以形狀的一次大膽的嘗試」，其中插錄的小詩，還保存著民國四十年時風行的「豆腐干體」：

〈失望〉一詩寫道：

你的神態為什麼這樣酷肖著希望
從遙遠的天邊來臨人們為你歡唱
直到你暴露面目發出無情的宣告

餘興依然激動著人們以為你說謊

你把冰冷的事實凍結每一個心房
可憐的人們還在傷心留戀地張望
縱然天邊又有個閃爍不定的徵象
沒有人可以預知是不是你的同黨

〈心中〉一詩又寫道：

心中有二支敵對的軍隊
各本著主意各有著指揮
旗鼓相當就痛苦地拉鋸
爭執不下就淒厲地殺喊

理性的守將孤獨地被圍
矜持的箴言常化作堡壘

貪妄的勢力篡奪了主位
善諫的良知就下野避退
得勝的隊伍又常常後悔
受挫的一方就整隊重來
有時午夜還慘酷地格鬪
歷歷刀痕盡在心頭亂砍

這時分，簡直是個寫作狂，口袋裡一本筆記簿，不管在車上廁上枕上，一有所感，就快筆錄下，深信任波所說：「詩人變成慧眼，須經五官與五覺一段冗長、非理、與不依規矩的錯誤行爲。」日夜思索，夢裡自覺佳篇湧現，怱忙坐起，扭亮電燈，握筆速寫，剛錄到第二句，思索就斷線，以下就茫茫然不復記憶了。想起龔定庵在夢中得到「東海潮來月怒明」的雋句，我也得過「秋聲先到白楊巔」「白雲還守舊時山」等句子，新詩長篇就難以錄下了。

筆耕心織是生涯

服務第二年又寫了一本《心期》，也是青春文學，只能說筆意稚眞而已，但當時對詩深自期許，我寫道：

終必我要馳騁向詩的王國
開拓錦繡滿畦的領域

服務到第三年，我才想起要報考大學，那年入學考試，數理文史不分組，門門都考，準備起來眞有點倉皇不及，愈在需要惡補數學理化英文的關頭，對詩的渴望就愈強烈，恨不能只讀詩歌就好，想起明末詩人稱許杜甫道：「公詩化作血，予血化作詩，不知詩與血，萬古濕淋漓！」當時的心境正與這詩境相近，熱血純眞，一心在詩，當然我的第一志願是中文系。

進入東吳中文系後，眞想盡情地寫，當時別的詩人一味求洋化，唯恐新詩中有舊詩的痕跡，而我卻喜歡以「舊典新用」的技巧來寫，主張「縱的繼承」，自以爲開風氣之先，在民國四十八年左右，我在《聯合報》副刊上發表不少詩，都以「詠武」的筆名發表，近年聯副編三十年文學大系，大概不清楚「詠武」是誰，都不曾錄入，現在我略舉數首於下：

記憶

逝去的日子趾氣高揚地走回來
叩響著深鎖的門環
曾是哭泣也挽不住的
以使人心碎的步韻離去
却以不曾改變的鄉音回來
我不信，你說你是屬於那
掛在徐君墓樹上的寶劍
我說你只是屬於那
刻在船舷上沈劍的標記
慢些讓你進來呀

你這感情的縱火者
只怕你又把我的舊情燃起
然後迅卽離去，也不回顧

落日

落日是一個朱紅的郵戳
把「今天」投寄給歷史
那進簣為山的人孜孜不倦
從不以路遠而感到遲暮

有一則嚴肅的寓言令人起敬
夸父因追趕落日而渴斃
必是追悔一個日子被虛費
立誓要追回「今天」

這一日裡，花朵次第開展
許多編成的花籃贏獲了近利
獨有我所憐愛的移山愚公
至今不曾有成功的消息

「舊典新用」的技巧，在今天已經是新詩界的風尚了。那時我在士林參觀蘭花展覽，寫〈春蘭展覽觀後〉，題目就十分古典：

春蘭展覽觀後

春天拋下了最後的一枚鑽石
這透明的玻璃廳裡錯綜著花光
花羣各以方國色彩濃厚的衣著
展示出血統和個性的驕傲
哎哎，闖入了萬花筒的幻境

花魂們相顧而喧鬧
所有的美都在這樣問
「日子為什麼很短暫」

日落時，林梢寫下孟夏的陰影
花羣的喧鬧加厲了
無數花魂握緊我的手，向我懇請
「不要就這樣離開我們」

然而我也像所有薄情的人一樣
不再管別後的凋零

下面這首〈前山〉，是以「回文」的技巧寫成，那時期我一直在探索新的表現方法：

前山

讓晴陽所尋回來的
一度遺失於雨季的丘巒
曾給誰挾了去超北海
對山立誓的人已哭得像淚人了

對山立誓的人擦乾了淚
前山到底不曾給誰挾了去
這一度遺失於雨季的丘巒
讓晴陽所尋回了

相思應盡一生期

寫啊寫，不斷地寫，「壯懷寂寞詩先覺」、「滿眼秋懷總是詩」，淡水河裡的水，外雙溪上的風，都是我詩中的光影，那首〈致詩神〉，寫出了對詩的癡情與執著：

致詩神

曾一度闖進了詩的桃花源
而後就竟日在武陵溪上溯洄
尋向所誌，已迷不復得路
但在重逢之前我不能釋懷離去

有時怨你為什麼一度延見我
使我因相信你的存在而痛苦
縱然你勸告我不必再度訪你
而我怎肯相信人與神的道殊

芳草、落英，一切都還如舊
神秘的谿口却因嫌俗而迷失了

只緣我已堅信著你的存在
竟日溯洄在水之湄

一面寫詩，一面還創辦了《大學詩刊》，雖然那時，古典文學的研究對我也有極大的吸引力，閱讀《說文解字》，細讀經典注疏，學術領域的不斷開拓，並不曾改變我對詩的酷愛，新詩的寫作雖減少，但對古詩的研析，一樣充實了詩的生活，詩雖有形式上新舊之分，而詩心卻是千古匯通的。

在俗氣的碩士、博士學位之外，《詩心》的寫作是我對舊詩賞析所踩出試探性的一步。後來應用修辭學、文章學來賞析詩的結構；應用訓詁學、聲韻學來賞析詩的音響；應用心理學、民族學來賞析詩的思想。每一門學術的研探，最後都回到詩的王國來。於是在百忙的工作之餘，寫了《中國詩學》四册。又從藝術造形及色彩學等等，寫了《詩與美》，大致上我是兼顧科學性的考證，以求詩歌的眞；通過藝術性的結構，以求詩歌的美；融會思想性的內涵，以求詩歌的善。這種考據、辭章、義理三者兼顧的詩歌研究方法，實在都是從古典經籍的研讀中領悟出來的。

路，都不會白走，層層旋繞，還是留神著出發站與來時路，那便是詩的召喚。在那年中美斷交的惶急氛圍中，「民主牆」「愛國牆」引起了糾結紛爭，那時我寫〈愛國詩牆〉替歷代知識分子的芬芳晚節作了詮釋與表揚；價值混亂，眞情涼薄，我又寫〈抒情詩葉〉，替中國傳統的情詩，作了省思與欣賞；即使花了六年時間，從事敦煌資料的整理，其中最引我注目的，畢竟還是李白、白居易，我又寫了〈敦煌的唐詩〉。現在隨興所至在寫〈詩林散步〉，主要是在大量瀏覽明代人的詩，明代人最懂得生活，從中汲取生活的智慧。此外，我和張高評博士合寫《唐詩三百首鑑賞》，並合編《全宋詩》。左旋右折，百變不離其宗，我說：「詩是我心靈的故鄉」，詩啊詩，想來一生的相思，全在詩鄉了。

民國78、1、15《中華日報》

活的標本

那年我在小學服務，服務到第三年，想考大學了，一腦子除了上班，就是補習。飛快地騎着一輛脚踏車來往趕路，那時候國家好窮，路上的柏油坑坑疤疤，常有斷層凹缺處，一不留神，車輪軋進斷層，我從車上大翻觔斗跌將下來，膝蓋剛好砸在斷層裂口的鋒稜上，痛得發麻。

我不揉痛，心裡只想趕去上班，猛地站起來，想扶正車頭，沒想到車頭一滑，人又隨之仆跌下去，我已經立不住了？受傷了嗎？幸好路人都很忠厚，圍過來幫助我，一輛三輪車更主動地替我出主意，載我去一家他所知道的中醫接骨所。

中醫師在替我驗傷包紮，我還在頻頻催他：

「快快快，上課時間快要到了！」

中醫師笑不出來，板着臉，緩緩地說：

「急什麼？沒有三個禮拜好不了，你的膝蓋骨全碎了！」

「什麼？今天不能上班了？」剛才還生龍活虎的我，猛一下子無法接受這個事實。

「膝蓋碎骨我已經替你揑合，上了些藥，你要謹愼這條腿，不要晃動！」中醫師警告着我，一面擡我回三輪車，右腿已僵直不能彎曲，就用一條長紗布懸空吊着腳，半身騰起，和掛在鈎子上的豬肉屠體一樣，吊在前車蓬的邊緣上，一路上車子顚簸，吊着的腳左擺右擺，紗布快鬆脫啦。

回到住處，想解開稀鬆的紗布重紮，一看右膝蓋，腫得像頭一般大，紫紅帶黑，既粗又僵，我殘廢了嗎？我還能參加大專聯考嗎？內心一楞，心快碎了！

那時候沒錢照X光，更別說打石膏來固定，公保的制度還沒開始，菲薄的薪水只夠吃飯，只好從鄉下找來一位赤腳醫生，他穿着木屐，臉上鬍鬚亂生，端了一臉盆用豬血石灰樣調成的紫紅醬液，替我塗抹。有土方治病，比喝香灰貼符咒要幸運些吧？

接骨郎中那邊也沒錢再去第二次，每天只塗那豬血醬樣的藥物，我咬咬牙齒，心裡肯定地說：「就是擡着擔架，我也要進試場去考！」就不管腳腫，人坐起來，墊一塊木板在紫黑的腿上，我仍要做物理化學的習題。那一年的入學考試，偏偏是文理都不分組，門門要考，師範畢業的我，面臨每門從頭準備起的苦楚，腳一動就痛，不咬緊牙根怎麼辦？

半夜痛得睡不着，就背英文生字，背呀背，不時「我殘廢了」的惶惑，會讓我痛不欲生，年輕的激情，捺不住心頭的悲情起伏，然而一題題新鮮的數學，仍張開了她謎樣的門道，要我耐心一道道地去破解她！難挨的路，忽然變得好長好遠呀！

躺了二個月，腿上的淤血褪盡，但肌肉明顯地萎縮，一條腿粗，一條腿細，勉強撐着杖，一拐一拐地可以走了。那時候什麼復健、義肢，全沒那一套，我一摸右腿，膝蓋骨依然是碎裂着的，一位西醫偶爾瞥見了我的腿，大驚地說：「眞是奇蹟，趕快解剖開來，把碎骨用不銹鋼絲穿好，否則有一天會鋸掉整隻腳！」

天！那兒來的開刀醫療費？又那兒來的養病時間？病假已不允再請，學校催着我上課，那年考績註定列爲丙等，飯碗都有了問題。而大專聯考已迫在眉睫，我只好住進學校宿舍去，一拐一拐地爬樓梯去教課，天保佑，拖着碎骨的腿竟也上了大學，而且至今已拖了三十多年，幸好還沒有要鋸掉整隻腳！

時代已進入了空前的繁榮與富庶，這隻土方郎中治的腳，至今仍是孩子們喜歡翻起我的褲腳管來參觀的地方，它是苦難的見證，也是活的標本與教材了。

民國79、12 業強專書《攀登生命高峯》

能有書讀眞幸福

每當高中聯考、大學聯考，考生們個個精神緊張，如臨大敵，而考生的家人師友們，靜待在考場四周，有的提吊着水壺，有的準備了涼椅，一待考生出場，簇擁着扇扇子、擦熱汗，甚至餵雞湯、吃補藥，這些寵兒，一切瑣事全免，左右全是來鼓勵他好好考的，每當我看到這種溫馨的場面，就不免想起自己參加的那次大學聯考，回憶裡竟是十分酸苦的……

我的高中時期，讀的是師範學校，畢業後，就在省立小學教書，省立小學的教員採校長聘任制，校長的權力極大。校長聘我去該校時，就訓了許多話：諸如做人要公而忘私啦，做老師就是要奉獻犧牲啦，師範畢業就是終生事業的開始啦……我一面聽一面點頭，覺得校長講得很對，和我的理念也是吻合的。當時我一點也沒有覺察到，原來校長最痛恨的事，就是教員們去考大學，再度升學深造。

在省小教書，大家都把師範學的教學原理，儘量發揮，滿心熱忱，努力啓導，師生之間倒是挺愉快的，較不習慣的就是校長權威式的領導，一開會就是苦口婆心式說教，兼帶責罵，每會必罵到人人精疲力盡，坐得骨頭快散了，才問大家有沒有意見？誰有意見就再罵，自然是沒意見，只求快快散會。「大家長式」的父權領導模式是當時許多校長的通病，不必單怪他，所以教員們都習慣了，不管校長在訓什麼，大家陰沈着臉，能忍自安，印象裡最深刻的，倒是校長不時發出的嗤嗤的擤鼻聲。

校長對教員是否一早就到學校，一直像貓捉老鼠，有時脾氣一發，會在走廊上一面追一面罵老師，因他眞的把學校當做自己的家，什麼大小事情，都採嚴陣以待的態度，尤其是手操聘任的生殺大權，每當暑假發聘書時，會把聘書放在他口袋裡幾個星期，也不發給你，直到哪一天看順了眼，才叫你過去，像禮物般施恩給你，那時的老師也不知道自己的權益和位置，手接聘書時滿懷感激，大家都很怕校長那紅稜的三角眼睛，光亮有神，每遇有些喘急時，氣呼呼地就發出嗤嗤的擤鼻聲。

原先我住在家裡，上班認眞教書，下班自去寫作，倒也勝任愉快，前二年我寫了二本新詩集，師範畢業規定要服務三年，到了第三年，我準備於服務期滿後去考大學，那年恰好是張其昀新任教育部長，突然宣布大學聯考不分組了，甲組理工的要加考史地，乙組文史的要加考理化，起先傳聞解析幾何也會考，我讀師範時英數理化都不注重，甚至全沒學過，門門都得靠去補習班從頭學起。

補習班裡的老師很認眞，面對新制度的壓力，進度又極快，我們自然聚精會神，一下班就全心投入。正在這關頭，我偏遇上了一次車禍，右腿的膝蓋骨碰碎了，那時不但沒有公保治病的制度，連請病假也得商請校長恩准，我躺在病床上，爲不能赴校上課着急，更爲不能去補習着急，一面不顧腫脹的右腿，就墊塊木板在腫腿上，拚命趕做物理化學的計算題……

骨傷請了二個月假，勉強可以拄杖行走，我就去銷假上班，一拐一拐，無法再騎腳踏車，家住得太遠，就只好搬進校園宿舍裡去，一人一間房，校長也只有一間房，就在附近。

我白天上班，晚上就把握時間做習題，不久校長就發現我晚上在看書，起先他邀我去撞球室打彈子，校長將一間舊倉庫改成撞球室，他說下班後打打撞球可以康樂康樂。

我沒應聲去撞球室，還是加緊背英文，做數理習題，敏銳的校長一下就察覺了異狀，就不斷在我門外打轉，我就只好先熄燈，等他走開，再點燈夜讀，忽然宿舍區的供電全斷了，聽見校長嗤嗤的擤鼻聲後，他說話了：

「睡覺！睡覺！別再看書啦，睡不著的就出來打彈子吧！」

次日開會時就望見校長難看的臉色，三角眼的上眼皮皺紋聚在一起，半訓半罵又講了許多話，隨後宣布：

「宿舍區晚上十一點全面停電！」

當時誰也沒有冷氣冰箱的設備，所用只是一個禿頭燈泡而已，校長一宣布，當晚就執行，那時的教師個個習慣於逆來順受的權威領導，也就順從配合，而領導者也以壓制別人的權利，來作爲自己應盡的職責，以霸道的裁奪，作爲辦事魄力的展現。只有我心裡在着急：自修的時間太短了。

我自備了一個禿頭燈泡，每晚熄燈後翻過矮牆到隔鄰的師範學校音樂教室去看書，那時候教室裡的「燈泡」、走廊上的「水龍頭」，都是小偸愛偸的東西，大家生活困苦，連小偸也挺寒酸的，所以音樂教室門鎖全壞，又常年沒有燈泡，我爬上兩張疊起來的椅子，去裝上自備的燈泡，就一邊拍打蚊子一邊看書，巡夜的工友發現燈火異常，常來查看，幸好母校的工友還認識我，沒有過來干涉，允許我在裡面「偸」用電力。音樂教室是一間在草地深處的木造平房，夜風輕吹，四周蟲聲，一燈高懸，別無人影，倒眞享受了幾晚不須擔驚受怕的讀書夜晚，想到古代鑿壁偸光的匡衡，引來遠方稀微的燭光，就奮讀不懈，深覺自己比匡衡要幸運多了！

考期進入倒數計日，我也愈讀愈勤，既然不便去補習，就得全靠自己督促，可是有一天從母校音樂教室拐着走回宿舍，已經半夜一點多了吧？竟發現校長冷冷地站在我門口，他見我回來，就大發雷霆：

「晚上讀書，白天還有精神上班嗎？人的精神都是有限的！」

我聽着他嗤嗤的擤鼻聲，知道他氣極有點喘息了，他一連串的指責，句句理直氣壯：

「師範剛畢業時，一點經驗也沒有，在我這裡學了不少，就想溜去升學啦？你對得起學校嗎？」

「師範畢業就是要立志奉獻一輩子，做小學老師，不做師範教育的叛徒！你愛畫畫，我就買油料畫布，讓你畫禮堂上的蔣公像；你愛帶學生參觀肥皂廠、醬油廠、農業改良場，那一次我不是准了你？稍有點樣子就想走掉，你對得起我嗎？」

站在校長的立場想，他全是爲了學校好，話那一句不對？我既沒有能力搬到校外住，只好把「鑿壁偸光」的生涯暫時打住，校長看我不再讀書，給我的臉色就好看多了。到了五月下旬，大學聯考的個別報名時間終於到來，我忍到了截止前的最後下午，溜去成功大學報了個名，志願全填了各校的「中文系」，倒也簡單省事，領了准考證，悄悄再回到辦公室來。

忽然發現桌上放了一封學校給我的信，我正拆閱着信，還沒讀及內容，校長就帶着一個男工友走過來，指揮校工擡走我的辦公桌，衝着我說：

「沒有你上班的座位了，你請走吧！」

一位人事室小姐緊跟着走過來，要我簽收一份卽刻解聘通知書，這時距離我服務期滿的七月底，還有兩個月，這份卽刻解聘書，非但粉碎了我的升學夢，服務沒期滿，連師範畢業證書也拿不到，眼前的生活生計也立刻成了問題。

校工擡走了桌椅，校長也默默走開，孤獨的我成了人人避開的對象，只有一位校長的心腹走過來勸我：

「你不曾聽說前年的楊老師和某老師嗎？他們二人考大學，應考後校長一聽說，就把他們解聘了。楊老師幸好考上了臺大法律系，某老師就沒考上，一聽解聘，妻女生活無着，就吊死在升旗臺前的大樹上，報紙上鬧了個大新聞，校長就鋸掉大樹，搬遷了升旗臺，你住的隔壁房，原來就是某老師住的，校長一直很忌諱，至今那間房只堆滿了雜物……你就把准考證撕了吧！」

我想到在車禍腿傷時，咬緊牙關對自己說過：「就是擡着擔架也要應考」，不顧一條腿腫成兩條大，依然埋頭趕做習題，現在要我撕掉准考證，向校長求原諒，眞是很難很難。

我回到宿舍考慮了一個晚上，次晨就向教務主任要求請假一天，他問我要做什麼？我說只好去教育廳申訴，請廳裡評評理。教務主任一聽就嚇壞了，躲得老遠不理睬，說請假不關他的事。我就直接去找校長請假，校長的短平頭髮根像一齊豎立起來，聲色俱厲地吼道：

「你已經被解聘，還請什麼假？」

校長又反覆地說我如何辜負了他的美意，如何對不起師範教育，我被逼得走投無路，只好挺身捋老虎的鬚，乾脆和校長同樣大聲讓許多老師都聽到，我質問他：

「誰規定三年服務期滿不准升學？報考大學就是解聘教師的條件嗎？校長所說固然都爲了學校好，我也必須去教育廳請求評評理，你說解聘就即刻解聘了嗎？」

我倔強的頂撞，反把校長楞住了，多年來他恣意下達命令，從未考慮過自己權力的限度，也從未見過如此反抗的樣子吧？其實我沒有說氣話，也沒有發怒的表情，只是據理力爭，立場堅定，我坦白告訴校長：我決不做第二個吊死在樹頂的老師，我會爭取我的權益到底……校長反倒沒話說了，他望望窗外駐足的圍觀者，只不停地發出嗤嗤的擤鼻聲。

當我回到宿舍，準備即刻赴臺中教育廳申訴時，校長卻悄悄閃進了我的臥室，他的臉色和善多了，要求收回「即刻解聘通知書」，他同意我考大學，唯一的要求是我從明天起不要再上班，好保全他的面子，維護他命令的權威尊嚴，他建議我既然骨傷還未痊癒，不妨再請長假，每月薪水，他自會差人送去，校長協助我收拾簡單的舖蓋，送我回家，展露難得的笑容說：

「要升學，就好好準備吧！」

我回家後，校長果然差人送來薪水，讓我得以有一個月時間好好準備功課，雖然聽同事說校長在會議上依然東罵西罵，把解聘我的事像打了一場勝仗似的炫耀着權威，但我依然很感激他適時地通情達理，作了一百八十度的拐彎。

時間過得很快，考上臺大的楊老師，後來做了中華民國的大法官，而我自考上東吳中文系後，仍一生在教育界服務，還當選了第一屆母校的「傑出校友」，當我返母校領獎後，順便再去那小學裡尋找一些回憶，時代變了進步了，現在教師生病已有免費治療的保險，教師想升學進修，非但不阻止，還有加薪留薪的鼓勵，做校長也不能說話就是法條，開會也不只是在聽校長一個人半責半罵啦！回想當時，也沒有什麼可責怪，要責怪就責怪那時封閉的風氣使然，讓不少人強執着偏頗的觀念還自以爲是呢！艱苦的歲月總算走了過來，只是每年逢到聯考的季節，望着呵護考生學子的家長師友們，我仍會泛起一些回味的酸苦，深深覺得，能有書讀多麼幸福呀！

民國83、11　漢光專書《博士說故事》

文學因緣

回想我決心獻給古典文學的那年，正值古典文學在國內最低潮的時分，那年傻乎乎地把第一志願塡了中文系，進去的時候，人數就不多，第二年班上便轉學重考，走了一大半，到畢業的時候，只剩小貓三、四隻了！

那時中文系裡的學生，自卑感很重，《史記》剛出版，有人還用洋文雜誌包了《史記》做外殼，充當西洋原文書，才敢去擠公共汽車。《說文解字》注也剛有影印本，字縮得奇小，圈點了半本，眼睛就不能不近視。許多同學讀了一年就開溜，這也難怪，那時放洋留學才開門，一人出國，舉家光彩，子女若在國外結婚，爭相在報紙頭版標題下登一登，羨煞了天下父母心。就是能到韓國菲律賓的華僑子弟小學教教書，月薪賺一百塊美金，也就像登上龍門一般，不知何等地吸引人。

那時國家像個破窮的家，大家的眼睛都在向外看，心也都在往外奔，窮人家裡連傳家寶貝也根本沒子弟會看得起，有一年是中央圖書館舉行「論語版本展覽會」，我想去看一看，到了南海路上，有二位高中女生走在我前面，一個說：

「中央圖書館有什麼展覽呀？掛著紅布條。」

「我們去瞧瞧。」另一個附和著。

等到愈走愈近，紅布條上的白字清晰起來，左邊的女學生立住了腳，怪聲怪氣地拉長字音一唸道：

「喔喔——論——語——版——本……」

右邊一個就大叫：「我的媽呀！」

「喔喔，打死我，我也不進去！」左邊的表示了堅決的意願。

右邊的又叫：「可怕死了！」

這二個女學生，只是把當時人對「文化基本教材」的蔑視，不加掩飾地直噴了出來，她們離我不到兩公尺，就這樣赤裸眞誠地把對經典傳統的厭惡，表現得好具體、好絕情！這是五四以來，要把線裝書扔進毛厠坑後，民族自信心隨著戰亂貧窮而徹底瓦解後的必然反應嘛，令我感受深刻，至今難忘。

何止女學生如此，文藝界也一樣，記得那時我向某報投稿，稿子退了回來，編輯先生好意地在稿端寫了一行字：「詩寫得不錯，只可惜受古詩詞影響深了些！」又曾另向某報投稿，稿子很快被退回，不久主編先生見到我，低聲地指點我說：「現在是什麼時代了？上次的大作裡還提到『用典』『平仄』，誰要讀嘛！」唉，誰叫你惹上古典文學呢？好像是全國沒一個不厭惡的東西，那時候，公開演講的題目，誰會談古詩詞欣賞？即使有，準沒有聽眾。

社會風氣既然如此，而當時我極愛新文藝，寫新詩幾乎就是我生命的意義，所以我一進入中文系以後，首先面臨的該是志趣上做一個「作家」或是「學人」之間的抉擇。

作家往往是才人，最終希望成爲「大手筆」；學人往往要成兩腳書櫥，最終希望成爲「大師」。清代的學者都認爲「學人」比「才人」有價值，像阮元說：「爲才人易，爲學人難」，桂馥也說：「一號爲才人，將不能爲學人矣！」清代重視徵實考據的學問，所以認爲精覈考據的才是第一等，弄心性之學的是第二等，弄辭章文詞的是第三等，像顧炎武甚至說：「一號爲文人，則無足觀矣！」這些看法有點偏。但也給我一定程度的影響與鼓勵。

另一些看法則相反，認爲才人是「天之所賦」，而學人乃是「已之所積」，沒有天賦不可能做大文豪，沒有天賦只好躲開別人的才筆，去研經讀史。大文豪幾百年才誕生一個，而學者博士之類則比比皆是，當然做「才人」勝於做「學人」。這些看法也有點偏。因爲大學者同樣是幾百年才誕生一個，而滿街的所謂教授博士，大抵是抄抄別人的著作，編爲講稿；唸唸別人的發明，作個傳承的教師居多，眞能做到「卓然自立」的很少，而能開出局面自成「大家」者，一樣極爲罕見。《意林》引古諺說：「學者如牛毛，成者如麟角！」牛毛一般多的學者裡，能成就的，少到如鳳毛麟角，可見「才縱自天」的才人固然難，「學極於人」的學人也談何容易！

經過了幾番內心的掙扎，我決定先從圈讀《說文解字》、背誦《昭明文選》入手，走務實的路子，一步一個釘，步步以篤實不自欺爲主，古人所謂：「行行步實如山積，字字鉤玄不浪浮」，當時我相信子思所說：學問可以「益才」，就像「砥礪」可以「致刃」一樣。且不管社會風氣如何，我就常去臺灣省立圖書館借閱線裝本的《通志堂經解》《皇清經解》，一面讀書，一面先得拍掉在書頁裡鑽來鑽去的蠹魚。像我這樣輕年齡的人來看這樣古的書，在服務小姐眼中是很不調和的，每次借讀，引來不少詫異的眼光。後來大通書局影印《通志堂經解》，就是我建議他的，還爲他在前面寫了一段介紹呢。

在社會風潮中逆流奮進，倒還容易，只要主觀意志堅定就行。但當時貧乏的物質條件，眞令人難堪：朋友寫信來，無法回信，原因是貼不起兩角回郵；教授上課了，要我們買國文課本，二十五元，我買不起，每上一課前，用手抄的方法一課課抄好，但教授對我連書都

「不肯」買，頗不諒解；大學一年級時，我寄宿在舊北投育幼院的宿舍裡，父親在孤兒院任祕書，剛丟了差，我們仍暫住其中，每天仍厚著臉皮去餐廳端兩份伙食，上課則去士林的外雙溪，有時火車的季票逾期了，沒錢續買，就從舊北投走去士林外雙溪上學，路經石牌一帶還很荒涼，只好沿著鐵軌走，一路上整整走了兩個鐘頭。這些辛酸往事，眞不敢再回想，如果要重來一次，仍會有勇氣撐過來嗎？眞不敢說。

東吳第一年開學時，學費爲七百元，東湊西借仍湊不足，最後由初中時的同班女同學姚鍾淑借我兩百元，解決了難題，當時她在幼稚園教書，後來東轉西調，竟聯繫不上，這兩百元至今該償還多少呢？第二年開始，全賴學校裡的趙教官幫忙，每逢註册，准我只繳兩百元，由他作保，保證其餘的錢待領到淸寒獎學金後再付。趙教官的恩情教人難忘，獎學金的捐贈者，更叫人感激。

那時身上穿的是畢業學長送的舊制服，嘴裡嚼的是育幼院裡要來的大鍋飯，就這樣猛背唐詩宋詞漢文章，就這樣快讀四書五經百子書，就這樣圈讀《說文》、分析《廣韻》、研究《方言》、《釋名》與《爾雅》！辭章的美、義理的善、訓詁的眞，樣樣令我心醉著迷！

老師教完了文字學，我就利用漫長的暑假，把街坊上的文字學書借來十幾種，相互參證，重新改編一本新的文字學；老師教完了《詩經》，我又利用幾個寒假，把各圖書館裡找得到的《詩經》注解，一一參看，自訂了一本《詩經會注》，當時幼稚地想：有一天我要做一位教授，就拿這本書來教學生。那時候學識太少，容易自大，後來這些新編的稿本，都被準備要考研究所的同學借走，當時沒有影印機，輾轉借抄出去後，早已下落不明，索討無門，假使還有人藏著當做「祕本」，那眞罪過，大學生時代整理的東西，能做大學教本嗎？眞是「君看豹子未成斑，便有昻然食牛氣」，年少的淸狂，往往如此荒唐。

當時一股勁兒直往前衝，窮得倒也自在，反正中文系的人，想找個家教也困難得很，也就安於貧窮吧。古人說「多貧賤則易局促，多患難則易恐懼」，好在年輕呀，根本沒把「惡衣惡食」放在心上，雖然飽經貧困患難，也沒覺得會挫傷志氣，損害性情。

現在回想起來，貧賤的時候，累心的事兒少，最適宜讀書，連抽煙喝酒的壞習慣，沒錢也無法養成，何況跳舞賭博作冶遊呢？沒錢買書，抄得好起勁，借來的書，反而讀得特別珍惜。而人生的道理：經一番挫折，就長一番見識；多一分享受，就減一分志氣。境遇艱苦逆折時，才是上天賜給人好好做工夫的時節。貧窮寂寞的歲月，欲望最少，外境也都不來拉扯你，正好打點全副精神，澄神滌慮，爲學業奠立根基。幸好那時我早許下了一心向學的願力，貧窮助著我向上推去，不然再和藹的春風，再豐沛的春雨，也不能催無根的枯木發芽的，願力，就是這治學的根呀！

這種窮困的境遇，一直延伸到進入研究所，古人說過：「齏鹽中有好襟期」，人在醬菜鹽巴的日子裡，反而特別有理想、有襟期。從民國五十一年進師大研究所，到六十年離開，整整十年的研究所生活，對古典文學的鑽研，可說是全心的投入，功夫純一，心地清虛，名根利竇，毫不經心，一味沈潛下去，那時已三十四歲了，連戀愛婚姻都一併躭誤得無怨無悔，這段研究所的生活，容當另文記敘。

研究所畢業以來，仍抱持著酷愛文學的初心，在詩學方面，已寫了十種書；在敦煌學方面已編成一百多册書，近年又編成了《全宋詩》，而自去年以來，猛讀明清諸家的詩文集，累至目前，雖已讀了五百種，但明代的詩文集，在我目錄中的，數逾三千，清代的也許更多，我已讀的，還只是個零頭數目，好在來日方長，而我的願力仍在不斷地累增，古人說過：學貴有常，又貴日新，而「日新」就是「有常」的根本。我把傳承古賢的潛德幽光，作爲一生的事業，一直牢記著師曠說的話：少年時好學，像剛昇的旭日；壯年時好學，像日中的陽光；等老年時再好學，便只像秉燭的光亮了！盛年幾何，時光可惜，我要不忘記少年時「貧而逾勁」的讀書生涯，掌握住現在「壯而好學」的惜陰工夫，開創將來「老而更神」的寫作趣味，不斷開拓新的學術領域，注入汩汩的源頭活水，這樣永遠不會文思枯竭，不會心田荒蕪，永遠不會淪爲一名過了氣的「學者」或「作家」。

自從獻身給古典文學以來，已經轉眼三十年，隨著國人的努力，經濟的發展，印刷出版業與各項建設的進步，早恢復了民族的自信心，加以近年來又創立了古典文學會，鼓盪風潮，擴大影響，古典文學已成爲青年學子心目中時髦的嗜好，一有古典詩歌小說講座之類，聽眾均滿坑滿谷，出版界文藝界也熱烈倡導，惠予青睞，連曾經「破四舊」的大陸中共，也早由排斥古典文學而轉爲熱門。在臺灣，不要說別的，單舉中央圖書館爲例吧，去讀線裝善本書，那裡還要從線裝書中拍下什麼蛀粉蠹蟲？四壁一望，建築堂皇，那精雕玉琢裡書香陣陣，雅麗絕倫，置身其間，夠你怡神快目的了，當年寒酸的我，如何料得到古典文學會有這樣的一天呢？

在回憶這段文學因緣時，當然得特別感謝學生時代的老師們，其中林尹老師，就是在大學時就指導我圈點《說文》、背誦《文選》的啓蒙老師。想古代王安石要爲兒子王雱找一個啓蒙老師，必須求「博學善士」，有人勸他「發蒙」的工作，不必太講究名師，王安石則認爲「先入者爲之主」，極不可輕忽。而我在初入門道的時候，就遇到這樣的老師，實在很幸運，另外一位是高明老師，他選拔我進入博士班，並指定我博士論文的題目，春風春雨，諄諄教誨，這兩位文學因緣中的恩師，是我終身瓣香敬禮的！

民國78、11、7《中華日報》

五經重擔試挑來

有使命感的日子苦得好充實

我拿到博士的那一天，眞好，心中充滿著對中國文化的使命感。那時候是民國五十九年十一月八日，大陸上的紅衞兵正鬧得兇，破四舊、殺學人，搞得胡塵蔽天，整個中華文化，就只剩臺灣一脈未墜，而臺灣也只有師範大學剛有中國文學的博士班畢業生，所以當時接下國家文學博士的證書，不但沈重，而且莊嚴，眞有「斯文在茲」的使命感。

那時候，最大的對立，是自由的臺灣與專制的大陸相對決，是搶救中華文化與濫施馬列思想相搏鬥。民國五十九年，臺獨聯盟剛在美國成立，聲息微細，這裡並沒有「中華文化」、「臺灣文化」的分歧，愛臺灣文化也就是愛中華文化，所以對肩頭的使命感，義無反顧，心志寧靜與專一，學問才能勇猛精進，並不像今天這樣產生多餘的排拒與顧慮。更不像今天大陸上的有識之士，已紛紛奮起鑽研中華文化，讓我們臺灣肩頭「舍我其誰」的使命感反倒失落了！有使命感的日子，就有清晰的價值觀，就有對生命與眞理追求的熱情與夢想，日子苦得好充實，沒使命感的日子，雖幸福，卻很空洞！

我拿到博士的那一天，眞稀罕，全國一年只畢業文學博士一兩位，各報都發新聞，《聯合報》還刊了我的照片，我的博士論文〈許愼之經學〉儘管文字艱深，題目冷僻，隨即就由大牌的中華書局發行，我也就應聘爲高師大的國文系主任兼教務長，這都表示社會上很重視這學位。不像現在頒博士的學校超過十所，學位通過，小事一樁，連海報都不見一張，所寫論文未必能出版，想應聘到大學任教都不是易事，我雖不主張像古代科舉時「拿狀頭」令人嘖嘖稱羨的虛榮，但太浮泛了，也會減低自我期許的鞭策力，於公於私，都無榮耀感，不是很可惜嗎？

我拿到博士的那一天，也蠻辛苦，口試分兩次，先由校內口試，口試委員如臺靜農先生等，我並不認識。再由教育部聘的七人口試委員嚴格考問，其中林尹、高明先生是論文指導老師外，程發軔老師我沒選過課，其餘毛子水、戴君仁、陳槃、金祥恒四位我都不認識，陌生而飽學的老師會從意外的盤問角度切入問題，問題套出問題，環環相扣，愈問愈深入，愈深入愈見思辨的工夫，的確會給被問者壓力與挑戰，這壓力挑戰的高難度，其實乃是考試通過後快樂的泉源，日久難忘。這也不像今天，只在校內考一次，口試委員的名單竟多由考生自己建議聯絡，上下左右或許都是熟人，眞有滿腹實學可能引起「高難度」問題的學者，未必在聘請之列，如此不經一陣昏天黑地廝殺的「順利通過」一點也不過癮，不知道還有多少值得回憶的滋味？

試圖尋回許慎「五經無雙」的地位

考博士的那一天，滿腦子都是自己論文中的內容細節，連續幾年的晨昏顚倒，念茲在茲，到這關頭自覺信心滿滿，雖然博士論文中所研究的，必然是學術象牙塔牛角尖裡的東西，但那時自覺很有收穫，很有貢獻，這些收穫貢獻無法向世俗的人訴說，只有等待前來口試的老師鴻儒，專門的著作必須要和能了解這獨門撰述甘苦的人去訴說，才可能有知心共鳴的「眞賞」。我在校內口試時，熊公哲先生用驚嘆的口氣說：「你能解決這樣的難題，眞是很難得很難得。」熊先生一語褒讚，令我數年的辛勞，全拋到九霄雲外，自覺做了一件最值得做的事。

熊先生是教授「中國學術流變史」的，他明白經學是中國學術的主柱，既經秦火之後，經學更成了漢代的顯學，東漢晚年的鄭玄與許愼，乃是經學集大成的鉅儒，許愼還被史書上尊爲「五經無雙許叔重」呢，可惜他的經學著作早已失傳，而我的博士論文，就是要尋回許愼在經學上的見解，訂墜拾遺，釐分精微，爲恢復經學上「許鄭並立」的地位作出貢獻，這一點，我自信已盡了全力，所以熊先生很欣賞。

在清代的阮元、俞樾，曾於西湖畔辦一所學校，叫做「詁經精舍」，在精舍中只供奉兩個經學大師的神位，一是鄭玄，一是許愼。正標示要研究經學，必從許鄭入門，可惜許愼的經學還沒人能說得清楚。也許從江永、戴東原、段玉裁、龔定盦、俞樾、章太炎、黃季剛……這一脈學統，正是臺灣師大國文研究所的薪傳所自，因此「詁經精舍」的精神，也就是臺灣師大國研所早期的精神所自，所以高明先生要我把許愼的經學整理發揚，林尹先生特別交代我要注意別擇今文學家古文學家的師法家法，我在寫作這篇論文時，明白它是整個學統中極爲重要的課題，時時把這承先啓後的使命感擔在肩頭，一絲也不敢輕忽。古人說「白首不能通一經」，而我就憑著這分使命感，把浩瀚的五經重擔試著挑起來。許愼的經學久已失傳了，原來許愼在青年時代，被大儒賈逵選爲高材生，准許旁聽在白虎觀的經學辯論大會，許慎將今文古文雙方的唇槍舌劍與學說一一紀錄，然後加以評斷是非，寫成一本書叫《五經異義》，後來這書遭到鄭玄的猛力批駁，鄭也寫了一本《駁五經異義》，這一正一駁之中，乃是漢代百十位大儒集中火力，交相攻伐爭議的全部精華所在。可惜許鄭這兩部書都已逸失，後人只能從葺佚的零星條文中去研究，另外許慎的《說文解字》裡，曾引用經書一千餘條，每條之中暗寓著許慎對經學的看法，我就是根據這些點點滴滴去鈎深探賾，想尋回許慎經學的遺說。

口試的時候，毛子水先生問我：「這論文中最大的創見是什麼？」我高聲回答：「是發現了許慎在《說文解字》中引用經句的條例。」清人考證《說文》引經的，有十幾家，都繚繞在每條經文個別的研究，根本摸不出全部的輪廓，無法融會有得。到了民國四十四年，大陸學者馬宗霍出版了《說文解字引經考》，研究得很賅博，但他自己在序文裡仍說：「程之積年，稿凡數易，及今寫布，猶多未安」，的確，他不曾尋出貫通全書的條例，以致改來改去，仍有一半地方講不通。當我發現了《說文》引經的全書條例，解開了許書一貫的祕密，一切支蔓，都迎刃而解。也就像掌握了大廈的全部鑰匙，千門萬戶暢通無礙，馬宗霍書裡的「猶多未安」也可以全部改正過來了。寫作論文時雖然孤燈熒熒，但每逢有所發現時，便禁不住在燈前手舞足蹈起來。

一條新材料勝過多少故紙堆

博士論文中的高深之處，只宜與專家去切磋，倒是在寫作過程中，一些趣味性的題外話，反而值得向大家報告，我在埋首寫作時，不時在腦海中領略許多題外的聯想：

譬如說：學術研究要不要與現實政治保持距離？就會發現：只要學術與現實政治掛鈎牽聯，肯爲當道者所用，立刻會大紅特紅。

就像討論古代的天子出巡，用四匹馬駕車？還是用六匹馬駕車？就掀起軒然大波。「古文學家」堅守周代是四匹馬，「今文學家」體察當時皇上心意就主張六匹馬。事實上周代是四匹，秦代才用六匹，所以秦征平天下以後，要「車同軌」擴寬馬路，漢代的皇帝當然喜歡沿用六匹馬的威風，於是主張六匹馬的「今文學家」便被皇帝立爲「博士」，主張周代四匹馬的「古文學家」就被疏離冷落。

又譬如說：司馬遷爲什麼把漢高祖的父母，連姓名都不提？只說父親是老太公，母親是劉老太太，還竟公然寫下漢高祖的母親，在野澤畔和龍交配，才懷孕生劉邦，漢代的皇帝子孫爲什麼會忍受這種「汚衊」？原來漢初的人，都相信聖人是沒有父親的，堯的母親是感受赤龍而生堯，商代的始祖娀簡是吞了燕子蛋而生契的，周代的始祖姜嫄是踩了一個大腳印而生稷的，會拍馬屁的今文學家，自然要創造孔子、漢高祖都沒有父親的神話，以應合現實政治神化漢代高祖的需要，推之於聖人之列。

而反對迷信、破除神話的古文學家，就只有甘心被封殺，不爲當道所喜了。

又譬如說：中國人的觀念，幾乎條條都是源遠流長的。

例如中國社會爲什麼如此重視「生兒子」呢？母親只生女兒，叫做「瓦窯」，不生兒子，居然會被「出妻」？這裡面原來有一個極爲冷酷的道理，那就是周代就規定：哥哥卽王位，如果不生兒子，死後卽由弟弟卽位。弟弟若生了兒子，弟弟死後可以立廟，而哥哥不准立廟只能附祭於祖父的廟中，必須有兒子繼大統才有資格立廟，兒子有多重要？不言可喩。這種觀念還不起源於周代的宗法制度，去查甲骨卜辭，原來商代祭祖時已經如此，才明白中國人要生兒子的想法，由來極爲久遠。

再譬如說：治學必須明白新材料的可貴。治學不一定要愛好時髦新奇，但一條新材料，勝過多少故紙堆！

例如今文學家主張「古者不盟」，認爲風俗澆薄以後才流行訂盟約，正如《荀子・大略篇》所說「盟詛不及三王」，認爲三王是夏禹、商湯、周文王，因此斷定周初不會有「盟詛」的事。清人從故紙堆裡抄來抄去，爭論不休，但若應用地下出土的新材料，周初的銅器就屢見「盟」字，而在商代甲骨文中早有「辛丑卜盟三羊冊五十五牢」，商周時代已有盟約，不辯自明。因此研究故紙堆的人，必須要有接受新材料的雅量，研究文字古禮就得多用甲骨文，研究唐詩就得多參考敦煌寫本，研究神話傳說還得多留意古墓石刻……新材料乃是引來新見解的大好機會，斷不要閉門錯過。

五年成五十萬言渾不顧戀愛結婚

一部論文寫下來，這些「旁及」的問題就有千百個，我自以爲趣味津津，就這樣挨過了五年的歲月，那時還沒影印機，每本書都用抄寫的，抄得手指紅腫。身上愈窮，買書的癮頭卻愈大，那時藝文版的《史記會注考證》賣七百元，我一月的收入是八百元，竟不管吃飯就買下來。至於戀愛結婚自然是顧不著了，美麗的女方若有來信，在書桌一擱，等到快寫回信，一看來信日期，早已過了個把月，那能不讓佳人氣得直冒青煙？只好孤寂到三十四歲……

在整個二次考試過程中，臺靜農先生對我欲言又止，顯然他很愛護我，又覺得我很可惜，當著別的老師的面，他沒有明白說出「可惜」在哪裡？他只語帶玄機地說：「今後的文章要怎樣寫？你哪天到我家來，我再跟你說！」說來慚愧，我竟一直沒去臺府受教，我領會他覺得我的博士論文五十萬字，全用典雅古奧的文言文寫成，是繼承劉師培、黃季剛那種只求古雅不嫌生僻的筆墨，他希望年輕一代的我要用白話文來寫，那時「文言」「白話」剛由沙學浚、林語堂又大戰一場不久，所以他不想在諸位老師面前多講。

其實我所崇拜的鄭玄、許慎，都是兼併「今文」「古文」的通儒，對於今與古，無所偏執，才能成一代之大，我在望著臺老師的眼神時，早就心照不宣，後來我很少寫文言文，儘管這綿延了近三千年的文體值得我們把它寫好，但畢竟用白話文對社會的影響會大些，博士畢業後，我寫的白話文章臺老師很喜歡，不但沒有責怪我沒去他家就教，反送了一副對聯給我，多所黽勉，也算是博士考試中的另一收穫。

民國83、5、27《中央日報》

橫絕文化沙漠

民國六十年，我應高雄師範學院院長薛光祖先生之邀，出任國文系主任，不到一星期，又要我兼任教務主任，薛院長對我特殊的器重，令我無法不身兼數職，其實那時我剛完成學業，一腦子李白杜甫，也一腦子海闊天空，對行政事務沒興趣，但也不得不用肩膀扛下來。

當我一走進高雄師院的「大門」。嗨，哪有大門？學院正面連馬路都沒有，全是遮沒膝蓋的野草，學校在一塊簡陋的荒地上，六七座高壓電的鐵塔，正通過校地的中央，鐵塔下面仍有農夫來種菜，荒著也白荒著嘛！操場是一大片未整的窪地，經過大雨後，不知從哪些溝渠裡氾濫出許多小魚，操場泥濘是野孩子摸魚的好地方。

那時師院已成立四年，從一所女子師範改制而成，據說這所學院的籌設，只花了教育廳二百萬元的預算，首任院長想把它辦成刻苦的「修道院」，所以學生在走廊上蹲著吃飯，用竹篾蓆圍一圍，就算飯廳，在教室裡掛蚊帳睡覺，都沒紗窗紗門，蚊子既大又多，學生都說師院「文風好盛」！教師宿舍裡還在用圓板凳與竹床，鄉村氣息極濃，臺北的報紙要在上午十一點才送到，不少教師口頭應聘以後，一看校園如此荒涼鄙陋，就立刻打退堂鼓，回臺北去也。

學校裡百廢待舉，圖書館是大學的心臟，能看的書沒幾本，街上的書店除了瓊瑤就是皇冠，整個高雄不愧是文化沙漠，那時候新添購一部「百部叢書集成」，就花掉一大半全校的圖書經費。薛院長說大學沒有學報不像話，要我籌劃創刊。剛巧大學聯招要將高雄考區的試務工作，交高師院接辦，大家土裡土氣，惶恐得很。高師院的學生很多，日間部夜間部，國文系更是雙班，在這簡陋的設備下大量生產，上課開會，辦行政辦展覽，所以我一生中，以這一年讀的書最少，寫作幾乎停擺，平生酷愛的詩歌，也就成了夢裡的鄉山。

置身在這塊學術荒地，待遇菲薄，難怪教師們有的兼差養鰻魚，有的兼差養種猪，日久也就漸漸安於現實了。我因初到這裡，不免心有警惕，最怕「環境如此，能怪誰呢」的合理化藉口，會把我衝勁十足的研究精神消磨淨盡，所見愈少就狂心愈大，隨著一群人喝酒吹牛、自大罵人，一生就此難以自拔，有一天生命的靈泉爲乾涸的大沙漠所吸乾，消蝕成一堆無意義的白骨，我想著想著，夜半也會驚呼，好怕！

薛院長要我創刊學報，我就得帶頭在學報上寫文章，沒有參考書、沒有複印機，個人又忙得精力透支，要寫像樣的學術論文談何容易？只好把身邊帶著的《全唐詩》《歷代詩話》等作核心，將民國五十八、九年在《自由青年》連載的〈詩的欣賞〉，加以補充改寫。缺乏資料，正好可多用自己的想像力，只有詩的鑑賞，是不必太多參考書，不必引經據典，單憑內心的靈性與靈光，就可以照亮詩神的殿堂，於是在瑣務的空隙裡，面對著陰暗土氣的灰藍油漆桌椅，心就特別嚮往詩的松林中有一盞靜靜的燈，柴門中透出煮茗的香……這篇第一期學報上的〈怎樣欣賞詩〉，也就是後來再補充印成《中國詩學》的「鑑賞篇」。

忙碌的教務主任工作也有一點代價，新接辦高雄考區事務順利完成，被教育廳記了一個功，我「見好就收」，向薛院長堅辭教務，我內心澎湃已久的呼聲一直在耳邊響……我要時間讀書，我要時間寫作！

薛院長准我辭教務，卻又要我加緊創立國文研究所，在到處吐鮮紅的檳榔汁、小學生程度佔市民百分之六十的高雄地方，想打響「研究所」這第一炮，圖書、師資，以及我個人的研究成績，都得作三級跳的衝刺才行。

這時南部的師資真難請，好不容易從臺北商請黃慶萱先生教《易經》，教了二週因健康的顧慮堅辭，易經課只好我自己教；好不容易商請張夢機先生教杜詩，教了一學期，張先生要回師大，無法南下，杜詩課又只好我自己教，在這樣的條件下，還要硬著頭皮不怕死，創辦南部第一座國文研究所？

中途接教「杜詩」，也是硬著披掛上陣，就利用寒暑假，將整本的《杜詩詳註》做了歸類，詩法、結構、修辭、批評，將一條條傳統的「格法」與現代的文學批評相對照，從中領悟出「千古詩心」的共通性，然後建立一個全新的系統架構，談時空設計，密度強度設計、意象設計，最具創見的是就韻腳及字音及雙聲疊韻中，研討出「聲情協合」的道理，「床前明月光」，「光」的音響不易入眠；「春眠不覺曉」，「曉」的音響容易睡眠，這說法引起了廣泛的注意，其中談〈反常合道與詩趣〉一文，還得了第一屆金筆獎，這些篇全憑創意雕構而成的文章，其實隱隱約約以杜甫爲核心，模擬《史記》以孔子爲核心、《三國志》以孔明爲核心一樣，終於寫成了《中國詩學設計篇》。

在師院的第三年，我升等爲教授，而南部唯一的文學研究所也創立起來，像春風度過了玉門關，關外沙磧中有些綠意哩！爲了擔任研究所的新課程，只有加寫詩歌校勘法、箋註法、辨僞法……就便成了《中國詩學考據篇》。

天天忙得昏天黑地，但是精神奕奕，一生中有如此結棍扎實的一段生活，每一回憶，也自覺虎虎生風。那時孩子樂薔樂天剛出生，幸得內人每逢放假，就帶他們回外婆家，於是辦公室裡，一燈熒熒，深宵不滅，引來不少夜歸的學生笑話，指著系主任的樓頭燈火說：「全校最用功的！」

在師院的第五年，研究所已經有了碩士班畢業生，第一屆三位碩士，都考上了北部的博士班，程度的整齊足證心血並未白費，沙漠上一樣可以開花結果的。現在這三位校友，有的擔任系主任，有的擔任所長，都從這荒涼的土地上栽培而成，格外顯得意義的不尋常，說他們是文化沙漠中開出的仙人掌花，沒錯吧？當然，這花果是要感念許多朋友的協助，才能成功的。那時從臺北前來授課的有羅宗濤先生、黃慶萱先生、于大成先生、張夢機先生、李殿魁先生、徐芹庭先生、金榮華先生、吳怡先生、沈謙先生、曾昭旭先生、何淑貞先生等，曾、何兩位在高師院時間最久，何先生至今仍風塵僕僕，絕無倦容呢。那時高速公路還沒造，朋友們還要每次坐八個小時火車，才能來支援啊！

《中國詩學》三冊書在北部校園裡風行一時，當年一看高師院的環境就打退堂鼓回臺北的朋友，更是十分錯愕：「連圖書資料都沒有的不毛之地，也能寫作？」誰知正因荒涼孤寂，踽踽獨耕，才能專心在詩國的冥想中獨來獨往呀！

我在高師院任滿六年的時候，羅雲平校長突然到高雄來訪我，要我出任中興大學的文學院院長，我和他素昧平生，且從未請人引薦推介，羅校長開門見山地說：「我是讀了你的書，才來請你的！」在到處妨賢嫉才的年代，竟還有訪賢愛才的如此「公卿」，眞該在靑史上好好記一筆！而我也領悟到：埋首在潛隱的地方下工夫，原來是最容易放大光明，而讓人看到的！

初到臺中中興大學上班，沒有宿舍可住，每週從高雄趕去，施人豪兄照顧我，讓我在中醫學院的招待所裡借宿，招待所中有空位就掙宿，沒有固定的床位或桌子，但我那「一燈熒熒，深宵不滅」的習慣，並未改變，把《金剛經》的章段與《寒山詩》對照，又從一花一草中去探測中國詩人的心靈，並將考據的眞、藝術的美、思想的善，貫聯一氣，建立起眞善美一體的「完全鑑賞法」，於是《中國詩學思想篇》就在公牘電話與旅舍燈火中完稿，施人豪兄夜晚來找我，總見我伏在桌前寫呀寫的，「黃永武在旅館裡，在火車上，都一樣能寫作」，這句話就如此傳揚開去的。

《中國詩學》四書剛完成，就獲得了國家文藝獎，那時候各報還看得起這項獎，《民生報》還登在首版頭條，八年的心血在橫絕文化沙漠的征程中，得到了成果。回憶起來，還得感謝荒涼的南部文化，正因資料貧乏，才不致東抄西襲，引這註那，忘了思考而只想拾人唾沫。獲獎後獲得不少讚美，只有一位朋友背地批評說：「《中國詩學》不過是用一部《百種詩話類編》抄抄的嘛！」譏評實在不足計較，當有人否定你的時候，憤恨對你並沒絲毫影響，憤恨的毒蜘蛛只會啃蝕著他自己罷了。《中國詩學》四冊書中只有「鑑賞篇」用了些詩話的材料，鑑賞篇由學報〈怎樣欣賞詩〉及更早的連載改寫而成，都寫於民國六十一年前，而《百種詩話類編》到六十三年才出版，查對一下就明白譏評的無理了，我如何抄它呢？再說如果我抄抄前人的書就能得獎，那麼譏評的人爲什麼連抄書都不會呢？

事實上，恰好相反，正因爲整理詩話的書沒出版，才加強我篳路藍縷、開鑿蹊徑的昂揚興致；也正因爲傳統詩話太陳舊，必須翻新詮釋，才需要我來雕虛鏤空，自建一座架構。如果有人已整理完備，可以任意摘抄，依我的個性，說不定《中國詩學》也就免寫了！正像逆境荒涼中一無憑靠時，反而激發自立自救的旺盛創造力，結果帶給人無限的好處，這一點，誰能想到呢？

民國79、9、17《中華日報》

挖湖揀石的人

在成功大學文學院新館的前面，有一個人工挖掘的「成功湖」，湖中有小島，湖畔有垂柳，每當陽光西斜、暑氣漸消的時分，樹蔭下就響起一片古箏簫笛的國樂聲。弦管與蟬鳴，使湖畔古意盎然，詩興十足。有一次詩人席慕蓉就對成大學生說：「不要以爲成功湖畔優美的垂柳斜陽，是你們本來就該享有的，這一景一物，蘊含著天巧與人工，讓我留連忘返，值得一再欣賞與感謝！」席女士敏銳的心靈與眼光，提醒我們要用感恩的心情，去想起一個人來，那就是開掘這個湖的校長——羅雲平先生。

羅先生眞是一個愛挖湖的校長，他出任中興大學的校長後，也在臺中校區挖了一個中興湖，中興湖的形狀是以中國地圖爲藍本，湖傍有二個小潭，代表臺灣與海南島，由學生們一齊動手挖，那時候羅校長兩手抱著一塊卵石，氣吁吁地對我說：「大學裡需要有一個湖，湖畔有寧靜的小徑，讓學生在這裡踱來踱去，爲人生而思考，替自己的一生作整體的規劃！」這是我第一次覺悟到人生是需要預先作整體規劃的！

校園也一如人生，需要整體的規劃，羅校長規劃中興校園時，簡直是「蠻幹」，他在面對一大片綠色的民間稻田處，忽然建了一個學校大門，德國柱式的，兼含著中國牌坊的造型，是一座氣勢磅礴的大門；大門裡面，原本是荒無人跡的地方，卻用水銀燈夾道地造了校園的中央大道。這時候全校謗議沸騰，有人說「全是爲了風水，不是爲師生實用的」；有人說「路在那裡？先有了門！造個德國門來看看的」。那時候羅校長臉色發黑，乾生悶氣，誰曾想到今天的中興大學校門前馬路寬闊，氣象不凡，擋門的稻田成了廣場，一進校園，大道旁樹勢宏偉，比起從前在一道歪門中進出，不知好了千百倍。唉，有遠見的人往往是孤單寂寞的，當年謗議嘲笑的人今天在校門口站站，能不愧疚嗎？

羅校長建造中興大學的行政大樓時，更加「蠻幹」了。他認爲從全校的整體規模看，必須有一座宏偉的行政大樓，坐鎭中央，才能與人工湖、圖書館相配稱。他把上級核發造一座小型辦公樓房的錢，全部去建築下層地基用，下一年又向上級要錢蓋上面幾層，管錢的爲他頭痛，他也爲管錢的頭痛。他好幾次沮喪地向我訴苦：「總是弄雙小鞋子給我穿穿，怎麼發揮？」就這樣蠻幹，一座今天看來配當得相當出色的行政大樓，玉堂巨柱，與綠茵湖光相映，眞有宣化觀風的氣象，必須待落成以後才讓大家歡喜讚賞。但它的建造經過了三波四折，中間還停工二年遭受報紙的攻擊，那時候的羅校長只有眼淚暗吞呀！

羅校長這種「蠻幹」的個性，也許是和他所學的科目有關，他主修隧道的開鑿工程，遇到頑強的山岡巒陵，也得炸一條通道出來，他可能就是抱這種精神來辦事的。他從德國學成歸國，就出任長春大學校長，那時候一位如此年輕的校長，「蠻幹」過多少事情，我所聞不多。他來到臺灣後，就被 蔣公徵召去金門開鑿地下的工程，從山岩下鑿出別有洞天的「擎天廳」，可以聚會數千人，這項工程也是羅校長一生得意的傑作之一。他每次回憶起這件工程，就笑咪咪地說：「那件事做成後，我連著幾天去擎天廳的地面注意揀石塊，看看有沒有新的粒塊從上面落下來，接連幾天沒揀到，才放心它不可能崩塌下來！」他一面說，一面用二個手指夾了幾夾，做出揀石子的動作。

羅校長留在我記憶中最深的印象，就是抱著卵石和做出揀拾石子的動作，他曾感歎地說：「我在成大開闢新校區，就是到處揀石頭；來了中興大學，又是到處填窪地、揀石子，將來中興任滿以後，又不知要去那兒揀石頭？」他說著，總愛用手指做揀石子的動作，並且故意做出兩眼惘然的表情，有點滑稽，也有點令人感到辛酸。

那年羅校長邀我去出任中興大學的文學院院長，是我很感意外的事。事前既不曾託人推介，也不是熟識的關係，而羅校長卻親自到了高雄來求才。成大夏校長當時是高雄工專的校長，羅校長在夏校長公館裡談起想聘我去中興，夏校長很熱心，就打電話聯絡。我當時在高雄師院任國文研究所所長剛任滿，深爲羅校長禮賢下士的態度所感動，就在夏校長公館裡，應允了前往中興的事。也因此，日後又有被夏校長約來成大文學院任職的因緣。

在追隨羅校長於中興大學服務期間，有一件事令我久久難忘：有一次羅校長要我設法能聘請瘂弦、鄭愁予來校任教，他說：「瘂弦的新詩寫得好，鄭愁予是中興的校友，你要想辦法聘他們來中興作客座教授。」我正在奇怪學工程的校長，怎麼會熟悉新文藝方面的人事？羅校長就說明他對各門各類的人才，都有資料檔案。原來他對報章書刊，每日有紅筆圈劃的習慣，由祕書幫他分類貼存，隨時翻檢。這時候我才明白羅校長會到高雄找我，原來是根據他的檔庫資料，事後才知道有二十個人想謀「院長」這份差事，而我在這二十個干託者之外，反而被他選上。同時也知道羅先生做大學校長、做教育部長、乃至爲更重的職務作預備，很早就在密切注意天下「各路英雄」的概況，想要擔任國家要職，原來平時就有各種檔案準備，不是臨時出馬才手忙腳亂的。

可惜的是，羅校長在中興任校長期間，體力已出現衰態，有時候竟在洽談公事的半途，叫人稍等一下，他轉到室後去讓護士打一針，再出來繼續談公事。一座萬人大學的校長，每天公文卷宗疊得比人高，此外，哪件事不讓校長煩心？游泳池漏水，校長要煩惱；圖書館天花板掉下來，校長要煩惱；系主任和同事太太通姦，校長也要煩惱。擺平多少訴訟紛爭，應付多少新聞報導，學生的事不算，已讓校長如吳牛喘月！校長在糾紛的空檔裡，還會關心聘誰來任教，還會關心夜晚的研究室內有幾位在做研究工作，眞是「大不易」！

我在校長左右許多年，看到他一面打針、一面應付公事，心中總覺不忍。想著有一次社會職業調查，曾把「大學校長」高居民眾理想職業的第一位，不禁啞然失笑！近來看到一位校長坦白地把「大學校長」的寶座比作「十字架」，這種被釘在十字架上的滋味，羅校長是嘗足苦頭的。後來繼任中興大學的李崇道校長，原本以推土機自許，不久自認「推土機故障」，早早以卸任爲樂，校長的難爲，可以想見了！好在羅校長個性樂觀詼諧，時常以開玩笑來輕鬆氣氛，當他夾起一塊大肥肉，告訴你說：「人在吃肥肉的時候，才找到了必須活下來的理由！」他的表情一定逗得你哈哈大笑，把煩心事兒一掃而空。

我不止一次聽到羅校長對年輕教授們說：「用大學校長的位子，來交換你的年輕，可以吧？」年輕教授們總是含笑不答，然後羅校長就會自言自語說：「年輕最寶貴，年輕最寶貴！」這時候，羅校長已經在盤算退休後去一座荒山上揀石頭了。他有一個未實現的夢，那就是退休後在美國辦一座弘揚中華文化的「東方太學院」。他要我爲「太學院」訂好課程表，並且開始徵募圖書，他與友人合力在舊金山附近買了半座荒山，已開始種樹。可惜當他退休後正要去那邊挖湖揀石的時候，病魔攫走了他，開了幾次刀，才發現胸腺癌已巨大得像一塊卵石，中間鬱積著多少勞累、氣憤、與未展的壯圖。

成功大學的光復校區裡，本年七月開始要建造一座「雲平大樓」，來紀念羅校長對成大的貢獻。雲平大樓裡有文學院的圖書館、文史專題研究室及書法教室，還有小型劇場，以實現羅校長弘揚中華文化的未了心願。日前是羅校長逝世三週年的忌辰，成大夏校長與許多同仁，都到金山羅校長的墓地，向他焚香獻酒。羅校長在世上留下的，不只是清幽壯麗的墓地，而是不斷在挖湖揀石的辛勤形象，當成功湖畔、中興湖畔，那春弦夏誦的樂聲，悠揚不盡時，你不能不感到羅校長呵呵的笑聲也在湖畔響起了。

民國76、7、18《中華日報》

魚梯

我能告訴你嗎?這時的感覺。

面對這五大幅玻璃可供透視的魚梯,站在這水底可以欣賞力爭上游的黑皮鮭魚,在魚梯間通過。有的黑皮已被沙石刮傷,滿頭帶血的白肉露了出來,但鮭魚千回百折,勇猛得帶些瘋狂,執意要游回牠的目的地。

浪潮從頂門劈下,揚起億萬個水泡,像大風雪中迷迷濛濛的雪花,陣陣飄湧,潮水中間還挾著無數碎鱗斷鰭,都是鮭魚遺留下來拚命掙扎的痕跡,萬萬千千想從這兒通過的鮭魚,無不留下刻骨銘心的創痛。

這裡是美國西雅圖的海倫壩運河,運河兩側分別是海水與湖水,海面與湖面,水平相差達七公尺,船要進湖,就得先進一個大水廂,仗水閘放水使船昇高,就在這鹹水與淡水的交會混合處，正是鮭魚產卵的故鄉。運河旁側有一條隧道通到水底，魚梯建造在隧道裡，以便觀賞。

「那條受傷的鮭魚，剛被冲了下去，現在又游上來了，給牠鼓勵鼓勵！」與我同行的文先生，是一位準博士，他正在為一條頭破見血的鮭魚鼓掌。

隧道牆上寫著一九一七年初造魚梯，一開始環境變了，鮭魚找不到入口，現在每年通過魚梯的，估計有三十三萬條。

「哇，一大群游上來了！」有人欣喜得叫出聲來。

魚梯共有二十一級，只露出最後五級供觀賞，每級水壓極大，水勢強猛，鮭魚能游上玻璃梯口，已克服了多少在基層時不被人知的困難，條條筋疲力竭，鼓鰓喘息。魚在水底尋找位置潛憩，愼防被怒潮冲走，以至前功盡棄。潛憩的魚又無時不在想蓄勢騰躍上去，剛一出泳，角度不對，洶湧奔騰的巨流，把魚兒連捲幾級，捲得無影無蹤了，然而，牠有信念，牠一定會再游上來。

「很像我們求學治學的過程。」我有點黯然神傷。

出國十年，在異國仍在堅持研究文學的文先生，快得博士了，「博士」是一個孵了十年的蛋，他望了我一回，沒有接腔，我們二人並沒有莊子惠施在濠梁觀魚的樂趣，面對著的是一幅活生生的流血流汗圖。

「年齡長一些的，說我幸運，沒有受過戰火的洗禮；年紀小一些的，也說我幸運，畢業得早，一帆風順，把好位置都佔了！」我忽然感慨起來，自言自語道：「幸運是幸運，倒不見得輕鬆。」

又有不怕死的鮭魚游上來，刮傷的位置不同，是另外幾條。

「別人童年的回憶裡充滿著蟋蟀的鳴聲，而我卻是槍聲炮聲。很小的年紀就學會躲日本轟炸機的炸彈，從炸彈斜滾下來的角度，躲往相反的方向去求活路。長大一些，共產黨來了，常常在野地裡臨時搭一個木板的高臺，舉行公審大會，無辜的被審者都是挨一槍再加三刺刀，被殺的痛得在地上亂滾亂咬，咯咯的牙齒把遺落在地上的木棍都咬裂了。那時候，我常是麻木的觀眾之一，連驚叫一聲都不會。」童年往事又在心頭扮演，我陷入了回想。

「輾轉逃來了臺灣，一開始生活艱難，晚上在補校讀書，白天去做抄卡片的臨時工，常常白天手指腫痛，晚上無法再寫筆記。進了臺南師範，從不曾回過臺北的家，年節也是和遺族學生一起過，根本買不起一次北上的火車票。記得一位朋友從老遠來看我，送給我一疊背面印過字的廢紙，可作草稿用，我對這疊禮物很珍惜，至今還抄存著不少美麗的詩。」我望著魚梯發獃，又想了一段。

方才被巨潮捲走的魚兒又游了上來，頭部刮了三條血痕，我們認得牠。鮭魚有鈎吻，嘴部頗特別，還號稱有一個不銹鋼頭，牠在碎鱗亂舞的潮水裡，正像在殘旗折戟的戰場上，死亡的陰影籠罩著，相信一定腥臊得令牠窒息。牠辛苦地又出現在魚梯的第一層，試看牠奮鱗鼓鰭，這一次能不能連闖五關，登上龍門去？

「到了考大學，那時候還有不少小學校長是專橫野蠻的，不許校內的教師升學，下班後，你在宿舍裡看書都可能犯禁，晚上校長早早就來拔掉宿舍電燈的總開關，還嚷著說：『人的精力有限，晚上看了書，白天怎麼上班？』現在聽來認爲是咄咄怪事，那像今天幸福呀，鼓勵進修，還留職留薪，觀念眞是進步得太快了！」望著滿頭血絲，拚命上進的鮭魚，不免也可憐起自己來。

許多人稍有成就以後，趁記者訪問之便，總愛宣稱自己幼年曾窮得睡過防空洞什麼的，我自己也犯了這種渲染的幼稚病嗎？我在想：「事實上，一個稍有成就的人，都必然有一段令人感動的艱辛，畫家梁丹丰女士有一次伸出右手，展示她手上終生不消的凍瘡疤，那是在北極冰雪裡作畫時留下的代價。學者楊勇先生注釋《世說新語》極用功，他告訴我，有幾次從書桌旁站起來，褲子竟是濕的，什麼時候尿了出來也不自覺。還有，在一次文學獎頒獎典禮的會場，三毛女士忽然感慨地向我說：『就怕得獎的青年朋友，誤以爲成功是非常容易的……』三毛的寫作歷程我不很清楚，但她的話底一定埋藏著很多不堪他人聞問的辛酸。」

頭上三條血痕的鮭魚又游上第二梯，潮水嘩然下沈，水底激流翻騰，看牠們順流冲下時是如此快速無情，溯洄上游又是如此緩慢吃力，鮭魚在到達目的地產卵之前，都是不吃不喝，全憑孕婦母性的信心，苦撐上來。第二梯的鮭魚稍喘一口氣，十分堅毅沈著，這時又有另一群鮭魚湧進第一梯，個個百戰沙場的疲憊神色，據說在港外，有三分之一的鮭魚，肚白朝天，漂爲浮屍。

「在異國，風俗不同，思維邏輯與價值觀都不同，要修習人文方面的學科，當然格外困難。」我安慰著這位準博士。

「你在國內修博士花了幾年呢？」他反問。

「五年多，那時候博士的水準要求得高一些，還不算太輕鬆。」我頓了一頓說：「我雖然只花五年多完成了博士論文，但畢業以來，天天仍抱著撰寫博士論文的心情，不斷地自我策勵。博士論文的完成，只是獨立研究的開始，不少人卻把它誤以爲是研究的終點，竟有人在博士學位完成二十年後，依然別無著作，還拿他當年的畢業論文，題上『某某先生教正』的字樣，厚顏地送出去……他忘記了，這樣等於在刮自己的耳光！」

「在美國，只談光榮的『歷史』，只談『當年勇』是不行的。」文先生說：「許多美國的大公司，喜歡聘新畢業的博士，初得博士的十年內，正像新銳的刀，創意最多，熱忱也夠，待到滿了十年的老資格，常常墮落成既無創意又無熱忱的傢伙，魯鈍得只在『拖』的狀態，卻偏又佔住了高薪的位子，所以大公司常把畢業十年的博士開革掉，不停換新血……」

「那眞是個無情卻有力的社會，正像這個魚梯呀。」我吃了一驚說。

頭上三條血痕的鮭魚，什麼時候已躋身到最高的第五梯來了，牠的嘴張得好大，鰓的鼓動短促而微弱，在成功前的一刻，黑暗、危險、疑懼，都在壓迫著牠。每年九月，鮭魚都要回來這兒，雖然政府有不准垂釣網捕的禁令，但是附近的山熊野鷹，早就群集飛翔，不斷襲擊牠們，在牠一心想游回華盛頓湖之前，常成了熊鷹野猫的鮮美食物。

「魚梯式的社會，倒是個蠻可愛的社會。」文先生說。

「怎麼說呢？」

「每條魚各盡自己的努力去達成目標，對同伴卻沒有競爭的敵意，不必要人教導如何超越別人，更毋須把別人一一擺平，才顯現自己超人一等。每條魚的『自我評價』決定於自己，在自我完成後，才獲得優越的滿足。」

「你近年又學過『流行哲學』嗎？」我挖苦他。

「毅力，是成熟的象徵。」文先生的話正在興頭上：「不過，重要的還是要有目標。現代人過度工作，並沒有生活的目標；全速地前進，卻未必有所得。有太多的意見與偏見，卻最缺乏信念；有情緒化的喜愛與憎惡，卻缺乏堅決的意志，這些，都可以向鮭魚來學……」

頭上三條血痕的鮭魚突然停止了一切動作，集結全身的力量，向下沈貼，像鷹要出擊，先卑飛斂翼；虎要出攫，先似睡似醉，我們發覺將要發生什麼大事，立刻靜默下來。

「翻過去了！」大家不約而同地大叫，這一剎那，大家摒住了呼吸，和鮭魚一樣做出騰身上躍的姿勢，這條滿頭帶血的鮭魚，終於登上了龍門。

民國76、7、24《中央日報》

在不確定的時代裡

你或許接觸過「現代畫」，或許偶爾讀過「現代詩」，你會發現那些色彩圖案與字句，是如此光怪陸離，難以名狀。是的，整個時代，意義模稜，目標模糊，步伐凌亂，正是「現代精神」的一部分。從壞的方面看，步步像冒險而不確定，叫人憂心忡忡；但從好的方面看，我們卻面臨了一個可塑性最大的世代，最富有一顯身手的機會。

在這個年代裡，最大的特點就是「不確定」，連每個人的職業、環境、角色，都不是長期確定的：農人忽然變成了商界的董事長，教師忽然變成了立法委員，工匠失業時又回到農村養鴨了。一個貧窮得跪縮在違章建築裡的朋友，忽然因房屋的改建而平白分到了三幢洋房；守著草萊一角的退役軍人，忽然因屯墾果樹而成了財主，也有許多本該像天綱地維樣堅牢的父母婚姻，忽然天崩地塌地離婚了……整個社會充滿了悲喜浮沈的傳奇故事，而變動極大。從前那句「克紹箕裘」的成語——父親善於做畚箕，兒子也善於做；父親善於做皮裘，兒子也善於做——早已不再是讚美詞，說不定快變成現代人眼裡「沒出息」的諷刺話了！

如此不確定的年代裡，變動劇烈，賭博性也最強。由於不確定，下一刻總是充滿著危疑震撼，誰也不能站在這股危疑震撼之外。危疑震撼本來是最苦的，但危疑震撼也可能最刺激最快樂，飆車、飆股票、飆大家樂、飆自力救濟、飆政治打鬥……凡屬飆，都是後果不確定的，下一步無從預測也在所不計的，身家性命，隨時可以豁出去。面對這股危疑震撼的場景，只有智者仍能堅守著那分貞定，弱者愚者狂者無不一頭闖了進去，反加強了危疑震撼的潮流，推波助瀾，小心你我都有了一份！

長期在不確定的年代裡成長，躲不開迷惘意識與危機感，自我往往無法肯定，要對人生作長期的規劃，人人都缺乏耐心。「安貧樂道」的說法，只有傻子認爲有理，中國人早丟開了「樂天知命」的固有人生觀，往往反其道而行，違反天性，加快節奏，抄捷徑，飆短路，滿眼是工作狂、淘金狂、參政狂、作秀狂……絞盡腦汁，榨枯精力，年紀輕輕的白髮叢生，滿臉皺紋，躁進焦慮，多的是坐骨神經痛、精神官能症……都爲了渴望短期內成功。

短期內成功，誰不想呢？

在美國，更新創一種短期成功的訓練班，訓練的費用極高，而訓練的手法像「密訣」一樣是祕而不宣的，大體上是要求你對「成功」的願望，具體落實下來。你一進訓練班，教師就問：

「你想要的房子是怎樣的？」

「七房三廳，後院有游泳池的。」

「園子佔地多少？」

「至少一英畝。」

「房子什麼顏色？」

「白色。」

「可曾到類似的房子裡去參觀過？」

「有的。」

教師見你回答得十分具體，就說：「很好，你要每天記著它！」

又問：「你想要的車子是什麼牌子的？」

「林肯牌。」

「幾個車門的？」

「六個。」

「什麼顏色？」

「褐色的！」

「去車店試坐過嗎？」

「還沒有。」

教師就說：「不行，趕快帶妻子兒女一同去試坐，隨後好好想著它！」

教師再問：

「你的理想職業是什麼？」

「外貿公司總經理。」

「手下要幾個職員。」

「二十個。」

「辦公室的地毯用什麼顏色？」

「綠色。」

「外貿公司總經理要有什麼知識？」

「要有好的外文能力。」

「開始學了嗎？」

「開始了。」

「用什麼教材？進度到那裡了？」

「……」

如有一點含糊其辭，教師就說「不行！」這是「空想」，而不是「理想」！許多人對於「成功」，只具備一個抽象的概念，雖有熱情與渴望，但離「實際」與「實行」都遙不可及。這種短期的成功訓練班，要求你把「成功」的夢境，活龍活現地變成有色彩、有形相、有步驟的實際世界，刺激物慾，讓物慾與行動完全具體化，而可以觸摸得到，讓這股引誘力牽引鞭策著你，向成功的路上衝刺去！

這樣訓練的人，會不會反得精神官能症？天天要你「記著它！想著它！」，願望眞的會激發出潛能來？而不是激發出高血壓？

更重要的是：究竟什麼算「成功」？房子？汽車？總經理的職位？我們可以承認這些也算是「成功」，獲得以後，也可以暫時舒解內心的挫折感，但不久又空虛得厲害，也許這些還並不是你內心最高的期望，只是整個潮流如此，你也想要求如此罷了。單爲了應付潮流，就榨乾你臉上青春的色澤，壓扁你心中的壯懷逸興，這就算眞的「成功」了嗎？

在如此急功近利的風尚裡，我有一次提到文學家心目中的成功：江山代有才人出，各領風騷二百年！在旁邊的青年忽然插嘴說：「不必二百年，只領一天風騷，我就滿足了！」

這話讓我有一番警省，可以領風騷二百年的人物，必須眞積力久，內涵飽滿充實，而只求領一天風騷的，大概靠傳播媒體及商業流行的設計就可以達到了，前者是「目窮千里」而長期凝成的精神實力，後者是花樣淺薄與隨時報銷的心態假象，如果我們青年讓商業設計牽著鼻紐，追求像槿花一般在一日之間枯榮的流行虛像，那就很可悲了。

青年朋友，前面說過，變化急劇而前程懸疑莫測的年代，實際上也是一個可塑性最大的年代，變數雖大雖多，但變數還是掌握在自己的手裡，任憑商業設計的詭計處處埋伏，大眾趨向的拖力又如狂瀾既倒，但眞正的中流砥柱，仍穩坐在你心中。唐代韓愈寫給當時青年朋友李翊的信裡，特別提到的「無望其速成，無誘於勢利」，這兩句話仍然是貞定我們心田的磐石。深養生命的根幹，不急求近期的果實；厚積生命的油膏，不輕耀虛假的光彩。眞實面對自我的成長，這才是青年的大目標大事業。

古人希聖希賢的道理，好像太苛細，其實就眞實面對自己而言，這道理也是最平凡最基礎的了；古人內聖外王的道理，好像太高遠，其實也只是從自我的要求開始，把一個龐大無比的責任，完全從能自我掌握的方寸之地做起，也不是高不可攀的。「無望其速成，無誘於勢利」才是最勇於自我負責的方法，才是從不確定的滾滾潮流中先確立自我的方法。飆車、飆大家樂，都是對依附潮流的可憐蟲起作用，對沈毅地忠實信賴自己的人是不起作用的；賺名車，賺大屋，希望短期內攫取暴利大名而不擇手段，事實上都是對自己的責任心不忠實、不肯定，想藉奇蹟魔力來替自己增榮，而不必付出堅苦卓絕的代價。

青年朋友，人活在世上，就是要在求科學的眞、求德性的善、求藝術的美、求義利之和，能有一番貢獻，而感到自我的眞充實與眞安慰。面對著凌亂而不確定的迷惑，困心橫慮，正在考驗我們的膽識，我們要做一個忠實信賴自己的人，踏穩腳步，精神貫注於巨大的時空遠景，這樣才會發現眞目標，創造眞事業！

民國76、12、28《中央日報》

學國文的今昔

編輯先生要我回想中學時代，是怎麼學國文的，我一回想，驀然一驚，環境已經大變，雖然同在臺灣，和今天彷彿已成兩個世界。

面臨的第一個不同的是：民國四十幾年，整個文學環境，瀰漫著濃厚的大我意識，雪恥復國是總方向，學者作家都以救國爲己任。所以當時酷愛國文，面對著雄深綿長的中華文化的延續，有著「非我其誰」的使命感，努力學國文者，自然就有不同的胸襟與氣象。不像後來崇洋媚外風，更不像近年鄙陋狹小的島國心態，小裡小器的村塾主義，以及急功近利爲自己而活的「小我文化」。中國文學具有濃厚的愛國傳統，試數屈原、曹植、杜甫、蘇軾、陸游……無一例外，一旦愛國思想受到嘲弄，人失去了千秋歷史的宏觀，與萬里山河的氣象，更失去了帶些宗教虔敬的文化使命感，那麼國文也就絕對學不好了。這就是「士先器識而後文藝」的基本原理。

面臨的第二個不同，是閱讀的環境完全走了樣。一方面是我讀的臺南師範，不注重英文數學，畢業後誰報考大學，還被許多小學校長視爲「師範叛徒」呢！所以在校時，絕不存在「升學壓力」，讀書完全爲了興趣，可以花整個暑假讀《莎翁全集》，也可以花一個寒假背誦《易經》。我一開始讀書，就是新文藝與古典並重，喜愛《少年維特之煩惱》的激情妙句，也喜愛《駢體文鈔》的舊式美文，晚上讀美國的《草葉集》，早晨背先秦的〈離騷〉，我不覺得古今中外的文學陶融在一起有什麼困難，直到今天，我仍在古典與現代之間，維持著融洽的愉快。當時年少氣盛，讀書專找高深的來「攻堅」，短薄輕小的作品根本不屑一顧。

面臨的第三個不同，是那時我有充裕的寫作投稿時間，中學時代飛揚跋扈的狂熱，以爲拼死發狂地寫作，就可以向世界文壇進軍，滿腦子泰戈爾、芥川龍之介、波特萊爾，什麼「考大學」的念頭，根本視作「小兒科」，所以，每天晚上自習的時刻，都在忙寫作投稿，身上放一本小册子，一有感觸就趕快記下來，少年易感的心靈像一疋白絹，什麼色彩都容易複印上去，當時只顧寫寫寫，全是些面對人生的稚嫩感喟，投稿不少，登出的不及半數，我的中學，好像讀的是文藝寫作班！如果在今天，恐怕也只好成爲升學機器了。

還有一些有利的條件，那就是當時南師的國文老師，像成芝田老師、馬小梅老師、趙阿南老師，國學根柢很深厚，又肯熱心指導，記得有一次成老師出了個作文題目：「貓與鼠」，當堂我寫了一首新詩交卷，成老師不滿意，婉轉地說我「才有未盡」，退回來要我重寫，我就用貓鼠對話的方式，洋洋灑灑寫了十幾頁，老師一點也不厭煩，詳批細評，末尾我還記得他評的是：「正如韓信將兵，多多益善」，不是如此的呵護指導，學生如何成器？

當然，那時也有許多不能與今天比的地方，當時書店少，出版品奇缺。國文方面，也只有《古文觀止》、《唐詩三百首》，我背〈離騷〉時，《楚辭集註》都沒出版，我是從舊書攤上買到一本《蔣氏高中新國文》第五册，那是大陸時期的高三課本，上册就有《易經》、《書經》、《儀禮》、《左傳》、《史記・孔子世家》、〈屈原列傳〉、《老子上篇》、《莊子・秋水》、〈天下〉，以及屈原的〈離騷〉全文……想來高三的國文，已經概括了今天中文系一大半的課程了。我背〈離騷〉，就是拿這本書唸的。今天書店林立，新書萬千，眞有心要讀，隨時可以入手。我記得讀李煜的詞，還是從煤球爐生火的廢紙堆裡，偶然撿到一本誰丟下的毛筆抄寫本，薄薄十幾張紙，什麼「林花謝了春紅，太匆匆」，哇，美極了，就當個寶，現在誰還需要撿破爛？

再則現在文學演講會、寫作研習營，風氣大開，名師大家，一一現身說法，連諾貝爾獎得主索忍尼辛，及諾貝爾獎的中文評審也光臨寶島，愛文學的人，都可以有世界的眼光，再加報紙副刊園地廣闊，百花齊放，而各種徵文比賽，獎金既高，名額又多，獲獎者備受矚目，人要出頭容易多了，只要獲獎後，那特殊的覃思冥想的能力，不被媒體曝光所傷害，不掉入商業設計的陷阱，三年小成，十年大成機會多的是！那像我當時孤軍奮戰，不受重視，一切自生自滅，孤獨摸索，想展現點成績在大眾面前，眞是談何容易！

還有整個社會經濟富裕，生活沒有柴米油鹽的壓力，外出旅行，甚至跨國來去，也不是難事，所謂讀萬卷書、行萬里路，幾乎人人可能做得到，世界文學的交流也極快速，電視讓我們視野大開，複印機、電腦可以隨時侍御在側，要做卡片、要收集資料、要出版印刷，都有了空前的便利，作家早不必自掏腰包來出版新作了，那像我學國文的年頭，一位張姓同學從善化騎單車到臺南來看我，送我一包禮物，居然是一面印刷過的廢紙！廢紙尚可作草稿用，才不遠三十里送了來，回想那時代，值得感激的人太多了！

學國文的今昔，眞是大有不同，但仍有一些永不改變的道理，提出來供今天中學同學們參考，第一是寫作的練習要趁早，不必「悔其少作」，只有不停的寫作，才不會有一天淪爲「眼高手低」。第二是善用左右的資訊，譬如我當時想「多識草木鳥獸之名」很困難，趁畢業旅行到臺北植物園時，才有機會認識淡藍的鄧伯花、深黃的軟枝黃蟬、卵葉的土蜜樹、昆士蘭胡桃……現在這類觀賞花卉的書印得好精美，寫作時還用多方便！第三是讀書絕不可少，淺譯的書不必讀，灌水的書不值得讀，專騙中學生零用錢的書不需讀，選大部頭甚至學者專家的書來讀，國文的天地裡，學者讀四書五經，青少年一樣可讀四書五經，各人所得深淺不同而已，怕什麼？古今中外的名著能讀多少就讀多少，不是炫耀，這才實用。第四是要眼界寬、標的高，不偏激、不虛矯，愛國文一定要抱定「爲天地立心」的文化使命感，帶有宗教家的精神，不隨外在一切物化的價值觀而變遷，不受地方主義的蠱惑而夜郎自大，一往情深，百折不回，這才可能學好了國文！

民國80、8、13《中央日報》

且掃軒窗讀我書

像慫了一肚子蛋的母鷄，四處張顧，要找一個安全的地方生蛋，我也一直在找一個安適的書房，想把肚子裡許多慫著要寫的書，一一催生。

最近若鶯女士來訪，我又和她閒聊起：希望在家的附近，另找一間小屋來做書房的事。若鶯忽然回憶道：「老師，你在高雄教書的時候，不是就有這樣的計畫嗎？」眞好笑，若鶯已從大學生變成大學教師了，而我十幾年前就在想的事，到今天，仍是「故地盤旋」的老話題！其實從高雄搬來臺北以後，家中也曾闢了一間書房，可惜工作上班的地點有八年在臺中，有三年在臺南，靜坐在其中飽享書香的時間不多，有時望書房一眼，不免吁嘆一聲：歸去來兮，書房將蕪胡不歸！

今年暑假，由於在成大的院長任期恰滿三年一任，而新舊校長剛交接，正是我打算辭掉兼任職務的好時機。當然，成大的學生都很勤勉而尊師，新任的馬校長，一派書生本色，校長官邸不住，仍住舊宿舍；校長的座車少用，仍騎腳踏車，謙沖眞摯，令人口服心服，不忍離開。但我必須在書房與辦公室二者之間作一抉擇，回想自己完成博士學位以後，已經過了十五年的辦公室生涯，瑣事擾擾，歲月浪擲，長途奔波，風塵侵面，即使也寫些作品，有時竟是一手執電話，一手執筆桿，匆匆寫作，想起陳與義那句「閉戶讀書眞得計」的詩，書香的引誘力愈來愈強愈濃，禁不住要向馬校長再三地懇請「放一馬」了。

回到臺北的書房中坐定，發現十年來，三個孩子已長大，都已經習慣分坐在我的書桌旁做功課，我寫了一半的稿子，轉眼之間，已疊在數學理化英文等等一大堆的書本簿子下面，尋檢不易。再加上十幾年來書冊增加極快，橫疊豎壓，到處是書，難以整理，塵埃也隨之堆積。而新從臺南運回來的一箱箱書，任我肩撞腳踢，更無從安插。因此，只好再搬出一個陳舊的念頭來：在家附近另找一間小屋來做書房。但是房價飆漲，一份教書的薪水，幾行爬格子的稿費，如何企及房價？所以這個念頭，早變成「一遇朋友就在嘴上嚷嚷而已」的畫餅充饑式的空想。

「問舍求田」不可能，那末就四個人擠著合用一張書桌吧，至少上午的時刻，孩子們一上學，是我可以獨霸專用了，我把外出授課的時間，安排在下午，就是基於這種輪流使用書桌的設計。

現在每逢上午，我略掃軒窗，往書房裡一坐，人顯得神閒氣定，容光煥發，讀書早成了嗜好，用不著在牆上貼翁森的四時讀書樂來勸勉了，讀書的好處早已體會，不必多提，倒是要防範讀書的壞處。

讀書的壞處很少有人談及，但它會形成書房的業障、書房的魅影！因此須把它寫下來作爲警惕：

第一要警惕「中無所主」

書房裡的書冊漸增的時候，書房的主人誤以爲自己的學問也大了起來，遇到任一門學科上的問題，總覺得「我這裡有，還沒時間理出頭緒罷了」，其實縱使書上有答案，並不等於你心裡有學問，況且書上的答案對不對，還得靠你的批判力來裁斷。東翻西檢抄出一大堆話來，也並不代表問題解決了。就算能背誦幾段，引用一下朱熹怎麼說，艾略特怎麼說，權威不等於正確，記憶也不等於學問，那知道記憶用得越多，思辨力往往越萎縮，長期下去，反而吸乾了人的智慧，遲早四面八方奔騰澎湃而來的印刷災難，使記憶力變得渺小無能。學問不能靠生吞活剝的搪塞來達成，也不能靠大師權威來應付一切難題。你認爲大師的話都對，但大師之間卻有著針鋒相對的矛盾；你以爲罵一罵大師就很了不起，但是你自己眞有新的見解嗎？依違之間，全靠自己內心有一個主見去汰粕存菁，以求洞明自得。有主見的人，才能洞察書中的偏全優劣，讓「書爲我所用」，否則只知拾人牙慧，拼命記憶別人的話，變成「我爲書所用」的書傭書奴。

第二要警惕「中無所見」

書册資料一多，很容易墮入喜歡「搭架子」的毛病，自以爲要研究蘇東坡，只要分一分「蘇東坡的身世」「蘇東坡的交游」「蘇東坡的文章特色」「蘇東坡詩的技巧」「蘇東坡對後世的影響」……先搭成一個架子，然後每段找一些前人的話作爲佐證，詩話我有了，詳註本我也買了，我就可以寫書！誤以爲作個系統性的敍述，一抄就八九萬字，便成自己了不起的「論文」「著作」，爲此予智自雄，洋洋得意。於是你搭一遍我再搭，你搭蘇軾我搭山谷，重層疊架，相互套襲，永遠搭不完的架子，出版不完的「著作」。那知道沒有敏銳的探索力，沒有新穎的發明，光拿舊材料抄過來編過去，只是機械的工作，編排編排卡片，不曾有新問題產生，不曾有舊問題解決，算不了什麼「著作」的，充其量只是拙劣的作業報告。這樣的讀書寫作，病根在「中無所見」。這種著作拿去濫印，眞是災梨禍棗。我們的社會中，偏有不少瞎熱心的獎助單位，幫助沒有書店願印的書籍出版，陽春白雪無人欣賞固然也有，但十之八九都獎助了不該印出來的書，獎助的書冊一氾濫，可能破壞了書冊環境中的自然淘汰與生態平衡。

第三要警惕「中有所貪」

在經濟效益的風潮裡，一般社會人士只選「短薄輕小」易讀的文章，使讀書人或作家也大受影響，讀書人即使還肯讀深奧專門的著作，也變得粗浮草率，失去按部就班的耐心，一部書中翻閱幾冊，一冊書中翻閱幾頁，其實學問是最公平的，你只以浮光掠影對待學問，所得也僅是浮光掠影而已。在今日要求速效的風尚中，都要求及早受用，一部《全唐詩》還沒讀二冊，想寫的書已經一籮筐；英文基礎還沒打好，就已經通篇文章裡大引西方某大師的某某主義了。安安靜靜閱讀一部《說文解字注》，肯把識字的基本道理弄弄清楚的人已不常見。只見他哲學、文學、史學、宗教……插架滿壁，信手亂翻，洋洋灑灑，都來筆下，貪多務得，沒有不懂的。在貪的驅使下，志大心勞，希望在最短的時間裡，得到最多的收穫，因此顯得心情急躁，意氣難平。

第四要警惕「中有所妒」

多讀一些書，寫過一些東西的人，無論好壞，總會得到一些人胡亂的讚美，這種不實的稱譽加上自我的傲慢，日久就遮蔽了「自知之明」，老沈醉在從前鷄群裡的紀錄，忘了在現今的鶴群裡，早成了學術的侏儒，還以爲自己高出別人許多。自己只能搭搭架子，抄抄資料，在沒有市場沒有讀者的刊物上，寫一些連自己也不願再看第二遍的文章，卻自以爲是高明的學術而自慰。看到別人寫的成功作品，由羨生妒，由妒生恨，爲了心理上自我的防衞，自卑情結化成了自大傲慢，對別人總投以不屑的眼光，說什麼「出版幾本書唬人的」「報紙上出鋒頭的文章是膚淺的」，別人融會貫通、深入淺出的優點，在嫉妒的紅眼睛裡一無所見，也難怪，敝帚自珍嘛！可是當你全無「服善」之心時，也就全無進步的機會了。記得王充《論衡》裡記載說：子貢起初事奉孔子的時候，第一年認爲孔子還不如他呢！到第二年勉強承認孔子和自己差不多，一直等到第三年，才自己漸漸覺得不及孔子！以子貢的賢能，

「自蔽」的業障還如此重，要培養自己能欣賞別人的優點，有一顆廓然大公的心，眞是困難。

第五要警惕「中有所涸」

閉戶讀書的最大危險是與世隔絕，讀書若與生活脫節，知識也愈見窄化僵化，象牙塔、牛角尖，會讓一些人迂腐退化。如果你忘了書房是蜜蜂的釀蜜室，不斷需要外界新鮮的花粉；而你只把它當作鴕鳥的藏頭洞，讓書冊遮蔽視線與感觸，生活圈愈縮愈小，終至變成一個「活在過去」的人，冬烘冥頑，如何成器？讀書不能忘記應世，不能沒有多聞的朋友，不然天天閉戶讀死書，對外界不聞不問，離群索居，還自歎知音之少，這樣只能愈來愈自以爲是，自以爲高，再加上天天只接觸一批不成熟的學生，非但不能提升學生爲成熟，反而同化自己爲不成熟。只曉得在學生面前自吹自擂，容易把自我的形象無限地膨脹，眼光就像一盞燈，眼光愈來愈低，等那燈點到腳尖下時，自我的影子反而放到碩大無朋，幾乎與宇宙同等大小了。只在學生面前驕滿陶醉，不懂珍惜新材料，不會使用新工具，不能日有新知，就失去了源頭活水，日久以後心靈退化，死書讀到五十歲，心理年齡反而退化成十五歲，你會發現許多書呆子成了老天眞，成了一個與現實世界格格不入的「楞子」！

以上五點，可稱為「書房症候群」，要小心防範，虛心改過。此外，我希望日後的讀書，要文學與哲學並重，文學增進我的感受力與創造力；哲學增進我的理解力與批評力。若只偏重哲學，很可能變成一個只會批評別人，而自己寫不出作品來的眼高手低之輩；若只偏重文學，又很可能變成一個只會舞文弄墨的人，而缺乏洞見深層意義的犀利筆力。只會信口批評以後，往往氣憤填膺，違背了「學問深時意氣平」的原則，反而自己暴露膚淺的本質。只會舞文弄墨以後，成了爬格子騙稿費的雕蟲小技，淪為「小姑娘」的文藝腔調罷了！生涯中失去了理想與使命感，那多痛苦！

今後還希望從我書房中寫成的作品，要有良好的品質管制，要能符合「三新」的原則，三新是：新材料、新方法、新詮釋。三新之中，至少要有一新，才可能有新的見地，才談得上「發明」或「自得」。

書房是最易惹塵埃的地方，架上的塵埃易掃，心上的塵埃難掃，必須時時勤加拂拭，掃清書房軒窗內外的浮翳，才能做一個快樂而成功的讀書人。

民國77、10、20《中華日報》

朱老師

在南下的火車上，有人喊我。

有一位滿頭銀髮的老先生站在那裡，摘下老花眼鏡，對著我問道：「你還認得我嗎？」

火車在晃，我晃過去，握住了他的手，仔細端詳了一會，他以期待的眼光望著我，我遲疑地不作答，使他自覺老了許多似的，我想了一會，只好說：

「對不起，記不起來了！」

「朱老師呀，我是朱老師呀！」

受著他的提示，理出三十多年前依稀的輪廓，對呀，初中時教我理化的朱老師，我怎麼忘了呢？朱老師是全班崇拜的偶像，他對師母的體貼也是有名的。

「朱老師，聽說你全家去了美國呀，幾時回國的？」

「我一生中最大的錯誤，就是去了美國！」一陣陰黯掠過朱老師的臉上，他還是如此爽直而誠摯：「現在我在臺南臺北兩地兼課，人老了，只能在私立學校教教！」

我還想問問師母，以及老師在美國的種種，朱老師就強行把話題撥了開去，反問我有幾個寶寶？孩子讀書的情形怎樣？當他知道女兒樂蕾就要考高中，大兒子樂天從小學起，就連連在科學展覽中獲獎，就高興地說：

「他們一定很優秀，我可以去看看他們嗎？」

「當然歡迎。」我遞了名片給他，當時只覺得是老師的應酬話吧。

星期天，朱老師眞的來到臺北我家，一見面就和樂蕾樂天談功課，朱老師有一套理化的獨到整理方法，講解得非常入神，竟沒讓我有閒話家常的機會，講了二小時，講畢就告辭。以後，朱老師每星期天來臺北，晚上就來我家教樂蕾樂天，他一開講，水也不喝一口，滔滔不絕，一張張扼要的理化要訣，孩子都視爲「武林祕笈」。

教了幾週，孩子自覺進步不少，我請老師早點來，一起晚餐，他不肯；我送老師一點束脩，老師竟嚴肅地說：

「我們關係不同，不要客套，你送我錢，我會生氣的！」

朱老師每週來臺北，只携一把小折傘，一個小旅行袋，他說這是他全部的家財。他又說他愛聽隆隆的火車旅行聲，感覺上一路在向前奔，遠比悶坐在房間裡好。我知道他仍把自己安排得相當忙。二十年前他是建國中學的臺柱老師，也是臺北補習班登報掛頭牌的名師。他教法新穎，上課賣力，當時賺了十棟房子的錢，他也是我印象中最早開小轎車的老師，不久舉家遷往美國。

朱老師每次來家裡，都是十足地上課，愛惜學生的時間，也愛惜自己的時間。偶爾聊起他的孩子，他帶些悔恨的口氣說：「雖然他們都有了工作，但是並沒有上什麼好學校！」老師邊說，又立即把話題轉到我家孩子身上，他會說：「樂天呀，一定得上美國一流的大學！」

朱老師去美國以後的情形，我是從側面聽到了一些：赴美後就開餐廳，還計畫開連鎖店，這些朱老師都不在行，屢次開店，屢次失敗，錢就貼光，最後連師母也不諒解，竟至分居，朱老師在垂老飄泊之際，一個人折回臺灣來。

我想問問補習班，能不能再聘用這樣一位名師？

「補習班只要你年輕的時間，」他感慨地說：「補習班裡都是一個蘿蔔一個坑，那會有空額？」

每回我望著朱老師矍鑠的笑容，望著他老花眼鏡後面專注的眼神，聽他認眞督導的口吻，總會想起自己初中時代的場景，禁不住一陣悲酸。朱老師教了我，又教我的下一代，他只把自己活在認眞的工作裡，似乎不爲什麼地只知道付出愛心，他沒有什麼牢騷可傾吐，也使我不忍心和他閒聊過去，他強忍著命運給他傾家蕩產妻離子散的隱痛，卻只以無求無欲，以無限溫馨的愛心來作爲回答。朱老師來教了半年，樂蕾考上了中山女高，樂天保送進入師大附中的科學資賦優異實驗班，我家從朱老師處得了二世的恩情，眞不知何以爲報呀！

民國78、12 漢光專書《人間情分》

一夕「情」話

晚餐是我家最溫馨的時刻，三個孩子從不同的學校回家來，拋下沈重的書包，各以笑臉走攏到餐桌前，晚餐時刻，是親情甜蜜時間，約好不看電視，不放音樂，不端著碗走開去，全家把心神集中到餐桌前。桌上有熱氣騰騰的菜肴，餐桌上方投射下來的仍是傳統昏黃的柔柔燈光，不像客廳或書房中所換的白色球形日光燈，燈光白而冷，顯得理性而無情。含笑的臉孔在柔柔的燈光下，相對晚餐，說說學校裡新鮮的見聞，老師或同學的綽號屢次被提起，全家都很熟悉了，報紙上的怪事，也常讓大家笑一個開懷。

然而今夜的晚餐，大家都沒笑容，自從昨天夜間新聞裡播出師大附中一位高二的優秀學生，從十七層樓高跳下來自殺的新聞，就令全社會震驚，我家自然也淹沒在一片同情的哀戚中，隨著輿論，也大談「升學壓力」。老大剛考完大學入學考試，切身的感受不少，老二讀的學校正是師大附中，說不定還見過那位跳樓學弟呢！今天他回家坐在餐桌前，率先報導今天的見聞：

「學校裡的老師們，都在惋惜跳樓的同學，他只有一門化學不及格，其餘的功課都很棒，報紙電視都在議論『課業壓力』問題，都沒『蓋』對，功課是難不倒他的，老師們分析，他是爲了『情』……」

老二傳遞的「獨家新聞」，給飯桌上添了新的凝重氣氛，餐桌的話題自然從「升學壓力」轉向「男女同校」「男女同班」，我也暗自驚覺，老大老二都已長大了，「情關」就在眼前，身爲父親的，在餐桌上該多舉辦幾場「戀愛講座」，最好就從今晚開始……

「男女同班」我是贊成的，因爲異性的相互輔益，對雙方性情的陶冶有極大的好處，談到這個問題，我自然喜歡把胡適的往事，說給孩子們聽。胡適到美國讀大學，才有男女同校的機會，胡適自以爲「矜莊」，從不拜訪女生宿舍，還勸朋友們小心「莫墮情障」，好像男女一接觸就會生「情障」，後來他發現：不敢與年輕女子接近，眞正的原因是自身缺少高尚純潔的思想。一見男女交往就向「情障」上想，是自身冷血與骯髒。他才眞心後悔，一改孤冷的個性，去接受女性的柔暉，他發現與韋蓮司小姐的長期談話、長期通信，使自己的思想感情有了大改變、大進步，遠勝任何一本書籍，任何一位師長呢！

「男女同班」的缺點，也許是學業分心，不免暗生愛慕異性的心理，而且一旦戀愛起來，天天猜眼神裡的含意，遞紙條間的稚情，稍生挫折誤會，或者爭風吃醋，仍須天天面對小情人，沒有廻避的空間與冷卻的時間，可能是這種後退無地的感覺，加上自尊心折損的壓力，高於理性的復原能力，一時衝動，竟忘了人生的道路還長，眞正的愛情還沒開始，這段青澀朦朧的感覺，不值得不畏懼高樓的粉身碎骨，一躍而下，留下那句「我對不起大家」的遺書，而讓全社會的人爲他驚惶與救助無方。

雖有這個缺點，並不能減弱我對「男女同班」的贊成。因爲「學業分心」者固有之，因而發憤有成者亦有之，暗生愛慕之心也不是什麼壞事，戀愛原本是人生中最重要的課題，西方人早就有「要觀察一個人的性格，只要觀察他怎樣戀愛就行」的名言，可見戀愛的態度在人格養成的過程中何等重要，讓青少年經歷長期的學習與調整，對人生是有益的。

所以「男女同班」的問題，不在戀愛不戀愛，而在如何開導青少年有正確的觀念，純情少年的跳樓殉情，把情看得嚴重，看得認眞，自有其正面的意義，只是採取的方法不正確，所以這一點也不可笑，只是萬分可惜。假使有人能及時開導他一下，偶有像「晚餐談心」的機會，攤開來討論一下，悲劇或許就能避免。用「天涯何處無芳草」「成敗兵家常事」之類的老套也許沒有效，倒不妨直截地問：「假如所戀的女同學也愛上了你，願意嫁給你了，十七歲的高二學生，你將如何自處呢？」恐怕只有落荒而逃吧？既然成功了也不值得喜，失敗了又何必太悲傷？

愛情是盲目的，十七歲的少年並不會自覺十七歲太早了。古代梁山伯祝英台也是十七八歲爲愛殉情，那是古代戀愛不能自己作主，經濟仰賴父母的支助。現在戀愛自由了，但經濟均須自立，十七歲的男孩就爲愛情而要死要活，根本不切實際。十七歲起，要先培養自由戀愛的風度，與立身社會的能力。我常說：由於自由戀愛風度的缺乏，對今日自由戀愛的評價還不能太高。

孩子們要我說明一下「自由戀愛的風度」，我認爲第一是要容許對方有自由選擇的權利，相信在雙方充分的自由選擇後，抉擇才較能正確而長久，最忌諱有「及早套牢對方」的自私心理。許多人的觀念很褊窄：同看過一場電影，他就是你的男朋友女朋友，既是男朋友女朋友，就是未婚夫未婚妻，等號劃得太簡捷，既是如此，就不許對方再有別的念頭，如果對方還有別的選擇，男的就要拿刀來拿硫酸來，女的就要以懸環跳樓作脅迫，迫使對方就範套牢，這種自由戀愛方式，一接觸就像遇上綁匪刼持，自由在那裡？

第二是要明白，眞愛是要爲對方好。動刀子毀容，淋汽油在髮梢上再點火，這種「情魔」根本是恨，沒有一點愛心可言。個性強的就攻擊對方，個性弱的便掉轉矛頭攻擊自己，殺死自己，「要你後悔一生」「死給你看」，和「讓你死得難看」一樣，豈是要爲對方好的「眞愛」呢？人最好少做失敗型的白日夢，幻想自己死得如何慘，讓別人來靈堂哭一哭，就像屈原老在假想自己追隨古大夫彭咸跳河而死，結果眞的會去做。失敗型的白日夢，於人於己都是無益的。

第三是要學會彈性與留餘地，僵化與固執，都違反自由戀愛的精神。她是你的「唯一」，你未必是她的「唯一」，你看她是一百分，她看你或許是九十五分，另有九十八、一百的，既是自由戀愛，就不該太死心眼，死心眼是近乎專制瘋狂的。認定對方是一百分，除卻巫山不是雲，除君而外，世界便毫無意義，這份執著與堅毅並不錯，但「破釜沈舟」只能要求自己，並不宜去壟斷別人。世界上雙方互看一百分的婚姻並不多，即使黛安娜王妃與英國王子，結婚前互看一百分，結婚後又如何呢？世界的原理是缺陷，並不是永恒的完美，所以凡事給自己留些轉圜的餘地，對自己是一條寬廣的生路，於對方也是一種自由的尊重，這不是爲了明哲保身萬無一失而不敢去熱愛，而是不要誤以爲愛的失敗就是自尊心的喪失，眞愛是在雙方綽有餘裕的心靈中湧現，必須以「自由」與「自發」爲其滋養。

關於戀愛的主題，很少在餐桌上被暢談，孩子們覺得挺新鮮，但是他們覺得抽象的理論還不過癮，最好講點實際的經驗，我就想起自己也是「男女同班」出身的，戀愛的對象最好避免同班同學，因爲全班這麼多雙眼睛，敏感得出奇地天天等著看笑話，一舉一動，全在大家的趣談中，比在戲臺上還要尷尬，增加許多不必要的流言與誤會。「成功」也可能是應「觀眾」要求，「失敗」更增未來到處傳述的笑料，昨天夜晚個人隱私的趣事糗事，早成了今晨全班口頭傳播的「密件」，俗諺說「兎子不吃窩邊草」，眞有智慧。

孩子問我戀愛失敗了怎麼辦？我說失戀正像一陣強風，最好是揚起人生的帆來，讓強風吹著往前跑，只有讓自己更好，更愛自己，才是爲失戀情緒尋找宣洩出口的最佳方法，自己更好以後讓拋下你的情人後悔，不是比跳樓濺血讓她後悔更妥適嗎？哥德在失戀後寫《少年維特的煩惱》，把一腔血淚全宣洩到書裡，少年維特舉槍自殺時，哥德本人卻獲得了昇華，這書竟成了世界名著，戀情也永垂不朽，失戀者要求昇華感情，可以以哥德爲榜樣。

以前在高雄時，就聽說有少年從澄清湖的塔頂躍下來，爲的是聯考落榜；現在許多少年從高樓跳下來，卻是爲了情。落榜與失戀，都是人生至苦的苦境，想著他們俯臨搖晃的地面那「惴惴其慄」的心境，誰不熱淚盈眶、感同身受？在柔柔的餐桌燈火下，今天帶些心碎的情緒，我願再爲孩子們說一句話：「如果有從樓頂跳下來的勇氣，天下還有何事不成呢？」

民國80、8、8《中華日報》

配眼鏡記

妝扮都麗的鍾光齡小姐，在舊金山遇到我，迎面就說：

「老師呀，你怎麼還戴著那副—中學時代教我們—的眼鏡？」

光齡在臺灣時學家政，懂得服裝儀容的修飾，加上在美做事十幾年，更注意妝扮鮮潔，那天她穿的是黑底白雲文的洋裝，兩耳戴著銀色的耳環，與眉目間稍含銀灰的黛色相映，一副俏麗的模樣，給人化妝術上的說服力。

她又送給我一條大紅底加上小藍白花的領帶，並且說：「這才和老師的神采相襯。」我繫上她送的領帶，果然有助於面上「菜色」的改進，所以對她提出對我這副「古老眼鏡」的抗議，自然格外重視起來。

這副戴慣了的黑框眼鏡，式樣、近視度數，我早已完全習慣，變成我相貌的一部分，一直不感覺有什麼問題，任憑人情間的滄海桑田已經歷不少，這副麻姑一樣長壽不變的眼鏡，始終跟著我出現在各種場合，扳手指一算，光齡唸中學，那時我剛教高中，哇，二十多年啦！

經光齡這一聲呵斥，這才發現黑色的鏡架上，早已光澤全無，處處是塑膠氧化後泛白的汗斑，轉折的螺旋扣子上，像古董器皿一般，長滿歷史的銅綠，鏡片的四周污垢塡滿，玻璃片上也有了不少磨刮的痕跡。歲月在我的眼鏡上留下許多汗顏風塵的記錄，我竟都不曾留意，只覺得眼鏡愈來愈鬆垮垮，時常一個僂下身子，眼鏡就變成一隻長臂而矯捷的猿猴，輕身放開耳溝，亂抓著我的面頰邋鞦韆！

有這麼多缺點的眼鏡，戴慣了竟一點也不自覺。沒另換眼鏡戴，決不是爲了省錢，也不是讀多了古書，讀什麼「人不可因富貴而易交」之類而泥古不化，事實上從做研究生到現在，眼鏡也曾換配過多次，每次都經過妻的遠觀近賞，但是有一次配好戴上以後，發現玻璃片太重，鏡架夾得頭昏，只戴了十五分鐘就打入冷宮儲放。又有一次配了新鏡，什麼都好，只是發現鏡架在鼻樑處，有二條白線，遠看像平劇裡丑角的裝扮，抽屜的一角又成了這新寵的冷宮。

大前年要去美國，必須學開車，決心再配一副塑膠不碎玻璃的，以備萬一，爲了適應高速路上看路標的方便，特別把近視度數增加一些，看遠方時的確清晰不少。可是平常一戴，地面浮晃得厲害，很不習慣，只好又是全新的打入冷宮，抽屜裡有排隊候駕的新眼鏡，而我還是喜歡戴這副古老的學生眼鏡，古諺說：「人不如舊，物不如新。」這話是不是有待修正了？你看：破鞋子好穿，舊眼鏡好戴，歪牙刷好洗……嘻，習慣了的東西，我們就誤以爲是好！

「老師呀，你怎麼還戴著那副中學時代教我們的眼鏡？」

眞是一語驚醒夢中人！非再配一副新眼鏡不可啦！幾年沒上眼鏡店去，新產品、新樣式，什麼太空材料鈦合金的，超輕而抗刮，日本專利的；碳纖維的也極輕巧，當然是舶來品；可惜自己眼光陳舊，東挑西揀，還是找一副老式塑膠的。妻看到一副玳瑁的鏡架，式樣也古老得合我的意，聽說玳瑁要長得能做眼鏡框，本身的體積需要像圓桌大小，千年老龜，傳說有避邪鎮災的作用，一問價錢是兩萬以上，奈何與我全身平民化廉價品的作風不調和，布衣而佩玉，眞不習慣啊！

眼鏡店老闆拿出了最新的儀器設備，量了我的眼力。

「試著戴這個，你看遠方是不是清清楚楚？左眼四百多度，右眼六百多度！」老闆說。

「有這麼深嗎？我現在戴的都是兩三百度呀！」我一直在自負拼命看書，而近視從不加深，就像拼命吃東西，從不加胖一樣，爲此洋洋得意過呢。

「是呀，是呀，我不會照你眞實的度數去配，那樣反而不能適應。」老闆極有經驗地說。

我想起前次配的塑膠不碎玻璃眼鏡，只加了少許度數，一定比較接近眞實，戴上去反而地面浮晃，景物搖動，唉！人不相信眞實，反倒相信習慣，眞實的受排斥而不能適應，旋卽打入了冷宮，這時，我爲塑膠不碎玻璃眼鏡呼出一口寃氣來。

「你仍然照以前的老度數給我配光嗎？」我問，我眞想能面對眞實，卻又不敢。

「是呀，是呀，」老闆又說：「以前有一位學生，左眼兩百度，右眼四百度，裝磨鏡片的工廠，把左右搞反了，左眼磨錯成四百度，右眼磨錯兩百度，學生戴著這副磨反的眼鏡，倒也習慣安適，過了幾年，當我驗光發現他左右度數倒反，想矯正的時候，他根本無法適應啦！只好將錯就錯，照錯的度數配光！」

「眞是鮮事！」我不免吃了一驚！習慣坑埋人，竟有如此可怕的力量？連是非都爲之顚倒了！

眼鏡店老闆仍在繼續測量我的視力，反覆地把試片的玻璃戴上拿下，在沈默的片刻裡，我爲這個左右眼配光弄錯的故事，遐想著發笑，我想起近年來，我一直在研究敦煌本的唐詩，崔顥的那句「昔人已乘黃鶴去」，原來唐朝人是寫作「昔人已乘白雲去」的，清代以來，大家才背成了「乘黃鶴」，我依據唐人的敦煌抄本想改回「乘白雲」，許多人不習慣了！左右配錯光的眼鏡才戴幾年，就牢不可拔，不容易改正，何況這幾百年來膾炙人口的錯字？

「你說現在本子裡有錯字，那末敦煌本子裡有沒有寫錯的呢？」不習慣的人就反問。

「當然也有。」我回答。

「既然敦煌本子也有錯，現在的也有錯，那末何不仍照現在習慣的唸，不是挺好嗎？」習慣派說得振振有辭。

這種怪邏輯還可以無限推廣：

「你說抽菸會得肺癌，那末不抽菸的人有沒有得肺癌的呢？」

「當然也有。」

「既然不抽菸也得肺癌，抽菸也得肺癌，那末何不照現在習慣去抽菸，有什麼不對呢？」怪邏輯又險勝了。

你再聽：

「你說臺灣的某些制度有缺點，那末歐美的制度有沒有缺點呢？」

「當然也有。」

「既然歐美的也有缺點，我們的也有，那末何不照現在的習慣做下去，不是很舒服嗎？」習慣派眞是無往不利，法力無邊。「還有什麼要改進的？你說歐美好，就滾去歐美吧，我們就習慣這樣！」我愈想愈遠了。

眼鏡店老闆仍要我看牆上的視力測量表，明明知道最後仍必須照老度數配光，一切測量檢定都是白費，但他說留個測量日期紀錄也好。而我則心不在焉，「E」的開口在右方，「C」的缺口向下，我用手比劃一番，完全虛應故事，牽縈在心裡的倒是魯迅筆下的「阿Q」先生，胡適筆下的「差不多」先生，還有擁有怪邏輯的「習慣至上」先生……人被習慣所蒙蔽，成見會這樣深啊！

兩天後，眼鏡配好了，新眼鏡光澤鮮潔，令人喜愛，在鏡子裡左照右照，好像沒什麼缺點，但是一站起身來，發現地面仍有些浮晃。

「完全是照老度數，怎麼也會感覺地面浮晃，不習慣呢？」我有點感到意外。

「即使是老度數，因爲新眼鏡的鏡片角度不一樣呀，你看——」老闆順手拿起我那副櫃臺上剛換下的黑框泛白眼鏡說：「老眼鏡帶久了，已經扁塌成這個斜度，新眼鏡是學不像的，你只有讓自己慢慢地再來習慣吧！」

　　我只好戴著這副稍微有些浮晃的新眼鏡走出店門，如果我眞想完全安於習慣的舒適，只有把新眼鏡再打入冷宮，重把那副讓鍾光齡小姐驚呼出聲的扁塌古舊的黑框眼鏡，繼續戴下去呀！

民國76、10、10《中央日報》

心與境

華副新設「擁有與享有」專欄，主編在邀稿的時候，特別說明所以要討論「擁有與享有」兩者間的區別，其構想是「抄」自我的一篇文章，主編問我能否在這個題目上「再寫一文」？我很感謝他這一「抄」，把我一己的想法，作爲提供眾多作者來共同思考的課題，果眞能藉此而「提昇讀者的心靈境界」，那不是很有成就感嗎？

我在〈擁有與享有〉一文中，已經提出過，人們擁有了財富、田宅、生命、書本、親情……徒知擁有，未必就等於享有，兩者的差別極大。

擁有財富，只是一堆數字，爲此而擔驚受怕，怎麼能算享有？擁有別墅，只變成打掃管理的累贅，而爲此日夜盤算賣出買進的時機，又怎麼能算享有？擁有財富田宅，反而勞悴不堪的人多的是，爲股票而精神崩潰的，爲田宅而纏訟不休的，擁有的人不少是好苦的呵！

至於生命、書本、親情，更屬精神世界的珍品，不懂得享有其神妙的眞樂，就只擁有一具軀殼、擁有一堆廢紙、擁有一些親屬稱號而已。不懂享用的人，生活中求餬口、求溫飽、殺時間，擁有生命的軀殼好苦呵！考試、背誦，記不完抄不完的文字符號，擁有書本啃書的人好苦呵！親情化作怨毒，彼此猜疑計較，彼此排斥傷害，越親密的人恨得愈深，擁有親情竟也好苦！所以不知享有，有時竟比不擁有還不如呢！

然而世上的人，都在打拚以謀擁有，有幾人能懂得及時享有呢？要化「擁有」爲「享有」，其中的關鍵有四點：

擁有而知足，始能談享有

擁有與享有的區別，重在「內心」，而不在「外境」，內心知足，處處可享用；內心不足，事事是苦楚。擁有的貲財比大富翁猗頓還多，他還是愁容滿面；也有人家裡生活比顏回還差，卻能不改其樂，關鍵就在「心」上，古人有詩道：「貲逾猗頓他還苦，家比顏淵我自豐，誰是有餘誰不足？有餘不足在心中！」一點不錯，不斷追求財富的數字，缺錢時只望十萬百萬就稱意，得財後又想十億百億才稱心，逾有錢愈覺不夠，陷入永不饜足的困境，永遠也快樂不起來。只有樂天知足的人，個個不足而獨自有餘，即使身苦而心常樂，但見人忙而我能閒。不讓「心」無限地向「境」去追逐，奔馳滅裂。知足的人讓心安泰下來，將慾望降低，正如莊子所說「慾嗜深者天機淺」，唯有讓嗜慾淺了天機才會深，所謂天機，就是人的清虛靈明，不知足的人被事境牽動煩躁得如醉如狂，惟有常存知足之心的人，「知足而常足」，才有心靈定靜的時刻，也才有天機妙明的境界，才能談生活的享有。古人說：「有而不知足，失其所以有者也。」不知足則連「擁有」都會失去，那能談享有？

擁有而知珍惜，始能談享有

人有眼睛，能視萬物，如果把「明視」當作一種珍惜，才發現瞎子心目中是把欣賞萬物的色彩作爲享受的。於是養一隻背上有白花色的黑鴿子，命名爲「巫山積雪」，這白色裡便有何等繁富的想像？人有鼻子，能嗅萬味，也應該把嗅萬味作爲一種珍惜享受，仔細地分辨，梅花裡嗅出「清」，蘭花裡嗅出「幽」，梔子花裡嗅出「雅」，棗花裡嗅出「細」，茉莉花裡嗅出「艷」，夜來香裡嗅出「妖」……萬物的香都有個性，你懂得珍惜鼻子，才不辜負造物的神奇。

同樣的，人要珍惜每一分天賜，珍惜每一分人情，珍惜每一點一滴努力後的成就。許多人是視而不見；許多人以享用爲當然；許多人等著「明天會更好」而忽略了享用今天；許多人只珍惜錢財，以爲其他的都可以踐踏！其實懂得珍惜光陰、生命、友情，珍惜每一分物力，樣樣抱著感恩受享的心情，才能把握每一刻動心享受的機會，才能認識「動人春色不須多」的機緣與道理，從萬綠枝頭欣賞那一點紅，從平凡機械中享用那一分情。

擁有而知使用，始能談享有

從《詩經》時代，就在諷刺有車馬鐘鼓不能用，有華衣美宅不能用的人，「宛其死矣，他人入室」，等到一臉死相別人入室來享用這些車馬衣宅，覺得好新好開心！這詩嘲諷富而不善運用的人好可憐！

唐朝的大官，也都存錢在京城裡買林園別墅，準備退休後，住在朋友聚集的地方，但是白居易不是就可憐這些富貴者嗎：「多少長安空鎖宅，主人到死不曾歸！」擁有了園林美景，卻沒時間沒心情去細賞，只是空鎖不用，眞是暴殄天物！宋代的大官富商也一樣，不少人在洛陽買房地產，準備退休後享用，只有富文忠公及時在七十歲退休，在園林間優游了十年，而其他像寇準、王拱辰都擁有漂亮氣派的第宅，勝過富弼，但到老不肯退職，都死在任上，無法歸來，徒然讓「名園廣厦虛設」！金錢也一樣，唯有使用的時候，才顯出了它的價值，擁有而不能及時使用，談不到享有了。

擁有而知品味，始能談享有

所謂品味，並不是雅痞們的服飾講名牌，轎車比年份廠價。現今金權勾結，多少公子哥兒做了大官富商，天天炫耀衣裘車馬，只落得個「肉食者鄙」的評語罷了！生活全用銅臭堆集起來，嗜慾一深那裡還存有天性靈機？這些蠢物哪裡能從薔薇花香裡嗅出一首艷而柔的秦少游小詞來？又哪裡能從冬日的蘿蔔味裡嘗出「甜冰」？從豆腐青菜裡創造出「青龍白虎湯」？富貴不是沒有快樂，那快樂濃而險，品味低；詩書、天倫、閒適中的快樂才是淡而安，品味高。濃的味膩，淡的味長，能辨別這種快樂不同的滋味，才能談品味，談享有。

當然一切的品味，都是從閒適的心境中流出，匆匆忙忙的人，除了誤以爲外表的金錢堆垜就是品味外，風一樣的繞著流行打轉，腳步極快，他實在無法領略品味的高下。談話不閒適，哪裡會有品味？旅遊不閒適，哪裡會有品味？讀書賞畫不閒適，哪裡會有品味？親子之間缺乏閒適的相處，哪裡會有品味？連飲一口茶如果不閒適，也產生不出品味來，如何奢談享有呢？

民國80、5、24《中華日報》

我寫愛廬小品

當《愛廬小品》四冊出版後，沈甸甸地壓在案頭，心中有了落實的快感，正如種花而見其開，待月而見其滿，著書而見到印刷精美，皆是天壤間的美事，眞有「雖南面王不易也」的喜悅。

歸去來兮

記得四年前決定離開臺南成功大學，要辭去文學院院長的職務時，馬校長慰留我幾次，後來他問我回到臺北後將轉往那兒任教？我告訴他是臺北市立師範學院，那是一所剛從專科改制學院的小學校，馬校長臉上立刻浮現半尷尬半詫異的神色，好像在替我感到委屈，很明顯的是「何必如此」的表情，僵在他臉上。我就說：「我是學文學的，我的成就應該是看有沒有寫出好作品，而不是看做過什麼主任什麼長呀！也不在乎學校名氣的大小。」

不知道馬校長是否相信我說的是實話，文學家只有靠自己筆下爭氣，外在的名牌並無助益，我們品賞杜甫的詩，只在乎詩篇寫得如何，與杜工部做的是「工部尚書」還是「工部員外郎」毫無關涉，文學家沒有作品就失去了一切，變成虛有其表了呀！

別人是無法知悉我內心中渴望寫作的洶湧情緒的，有一個晚上，熄了燈，沒睡著，宿舍的窗外，十幾株高大的樹影，在月光中簌簌細語，我站在窗前微微的露氣中，就在想：連月亮也有聲音的夜晚，做夢也該是綠色的吧？樹頭像輕浪般起伏的影子，不正是一個向我在說「去來法」的高僧麼？我的彩筆呢？在趕遠路、忙上班的歲月裡，枕頭上的日升月降，像拋來擲去的跳丸，我的彩筆就這樣失落了嗎？我在心底呼喊：「我的寫作生涯也許還沒有絕望吧？」忖度了一個晚上，決定必須辭職。

何況那年代，經國先生逝世了，堅持了近四十年的英雄夢想，幾乎煙沈濤息，誰不充滿著挫折感？社會在解構，在重整，騷動得厲害，學校裡也不例外，中研院、臺大部分教授還帶頭鬧，其中識見狹小的最爲自大，越不讀書的越有閒工夫出歪點子。最高學府裡，不招攬人才，儘養些敗類，國家氣數是盡了吧？說是多元化嘛，立足點不同了，誰能說哪邊是西哪邊是東？是非難有標準，努力成了白費，恰巧那時在報上看到小說家張大春辭掉報社編輯要專心寫作的消息，「以一流作家之身，伺候三流作家之文，不幹！」小說家的觀察是敏銳的，虧他說得出口，說了眞話，令人聯想在學校裡任行政工作，有時豈不也是這樣？回去寫作吧，「世事蝸雙角，文章鳳一毛！」上班辦事，眞的遠不如專心寫作！寫作愛怎樣寫就怎樣寫，一味享受那分抒發的「快」；而上班辦事，要想立「功」，先得忍住那分「不快」！

也許有人會疑問，人人去寫作，誰來辦行政雜務呢？對的，我也不主張人人寫作，各人性情不同，從事一項工作，總得先選性情之所近，做下去才有成就。古時的輪扁運大斧斤，疾徐應手；庖丁解開全牛，皮骨瀉地，這種妙到入神入化的表現，都是性情中本有那分夙慧，不是單靠下笨工夫就可以達到的。我一直相信自己性情較爲接近於寫作，實在不甘心年齡大了，就只長於品評，短於運筆，書讀多了，往往「才」趕不上「識」，「手」趕不上「眼」，只好以眼高手低、識多才寡的評論家終身，那我會感到有點不甘，何況一直去辦行政呢？

早慧與大成

臺南本是個有螢火蟲、有蟋蟀的大田園，也是我年輕時嶄露文學頭角的地方，廿歲左右就出版過《呢喃集》《心期》，也算是「早慧」的一型吧？後來田園失落了，彩筆擱置了，年輕時臺南的竹林斜陽、斷橋河谷，早已杳無影蹤，衢道縱橫，已成了陌生的城市。

但是「早慧」的記憶，在臺南時又觸動了我，雖不是七歲詠鳳，弱冠騎鰲，難道正如胡元瑞所說：「早慧者多寡大成」？頭角露得早的，很少有大成就，所謂「天地從來妒早譽」？早慧的人，聰明太洩，天會妒他？早慧的人，具有天姿，天帝愛他，不是不給他遐齡，早早收回，就像把寶物寄放在別人家，一定等不及過夜，就要取回來？不然就是讓他江郎才盡，以順境樂境使他庸俗掉？想著想著這些舊時的傳說，眞不甘心上天把我庸俗掉！

我決心回到臺北，拋開一切瑣屑的俗務，算一算，參加的社團竟有三十個以上，如眞要好好寫作，日日應酬俗務，一定有妨礙，俗語說：「利刀切泥，畢竟有損」，想讓智慧露出些鋒刃來，必須停止許多「切泥」的活動。以前我主辦社團活動，多仗人家幫忙，現在人家辦活動，我卻推辭不參與，怎能不挨罵？那也只有拜託原諒啦！中央大學、東吳大學、成功大學的研究所都要我去開課，以前我辦研究所，勞動了人家，現在卻不去回報，也只有拜託原諒啦！內心渴望寫作，我要專心思考、專心讀書，培養一顆虛靈的心境最要緊，不然俗念紛擾，憧憧來去，沒有那座昭昭靈靈的心臺，還能寫出什麼來呢？

我領悟到「早慧」的人其實是可以「大成」的，例如宋朝的楊大年，孩提時就有危樓百尺的吟哦；明朝的李東陽，孩提時也有麟鳳龜龍的書，都在髫齔之年，如得神助，結果晚年聲譽也光被天壤，早慧不是不能大成的。問題在於早慧的人能夠不埋身於俗務的不多，早慧的人，往往「早達」，早達的人，聲勢富貴，都足以磨損性靈，而公文法規，也極昏耗精力，且看清人李蘭卿寫的《榕園文鈔》吧？他十三歲舉於京兆，十六歲入中書省，一輩子仕途順利，做了清官循吏，到老也只留下一堆公事文字罷了。早慧者若能沈得住氣，只求充實學問以光揚身體，善護年壽以充實學問，專心一致，心不旁騖，早慧爲什麼不能大成呢？而我領悟到這些，竟已經過了五十歲，光陰虛擲了大半輩子，還能說「及行迷之未遠」嗎？

讀書與寫作

決心寫作，年輕時的繡腸靈腕，逸藻橫飛，已不可得，但是飽經歷練、學識醇深以後，在人情世故上發精闡微，或許能另開一境。古人說「五十方能讀杜詩」，因爲杜詩的妙處，不在少年「兎脫如飛」的才情銳利，而是在中年後「珠沈無底」的生活厚鈍，中年後的寫作，也許就該以此爲目標吧？

年輕時寫作，總喜表現單打獨鬥的奇思，求新求變，充滿著不屑一切的叛逆豪情；而中年後寫作，總想成爲民族時代的代言人，表現整體文化的智慧，酷愛自己民族的特色，這和「五十而慕父母」的心理類似吧？所以我決心寫《愛廬小品》時，就以呈現中國人的生活美學爲主體，期望「將盈千上萬的古典書册，酌古宜今，擷採精髓，濃縮融會於其中」，所以開始寫作前，有一段長時間的靜心讀書，沈澱雜念，把精神翕聚合一，準備單刀直入，善護自身活潑的天機，發現心井還不曾枯竭，靈泉清冷，有涓涓流出的消息，於是在草山深處曠無人聲的地方，安置一幢老屋，想起清人湯貽汾有「喜聽詩人說愛廬」的詩句，張英也有「陶令情懷亦愛廬」的描述，詩人雙關著陶淵明吧？就將這老屋命名爲「愛廬」，每週除授課之外，取四個上午去中央圖書館讀善本書，三個整天上山寫文章，三年下來，埋首於讀讀寫寫，其樂無窮。

寫作爲什麼要不斷讀書呢？並不是去拾人牙慧，使文章掉滿書袋，要記住清人秦篤輝的話：「讀古人書，臭腐也；成本家文，神奇也。」從讀書到寫作，是化臭腐爲神奇的過程，而不是食古不化、終於臭腐而已！

讀書可以擴充自己思維的範疇，看著別人的書，想著自己的見解，讀古人書有靈妙的觸媒作用，畢竟人情千古不變，悲歡離合，都是現成的借鏡，讀不同範疇的書，不必專限於一門，浩蕩揮灑，有時會造成觸處生春的效果。

再則讀書可以博學廣識，所謂「汲古深則儲理富，儲理富則養氣充」，氣充理富，文章就侃侃而談，隨手舉例，理到例隨，文章自然堅實有力。

更何況單靠才情寫文章，才氣難以久憑，而若濟之以學問，天下學問無窮。所以不讀書的作家，不久就筆力孱弱，氣勢不振，即使有些性靈流露，易流於淺薄，而不易有深味。因爲一味「抱空腹、講情致、弄筆墨」是容易浮滑而不會長久，許多新作家驚艷於一時，但寫完學生時代的戀愛故事，就擱筆，在文壇消失了。有一次朱西寧先生問我：「爲什麼日本作家的寫作年齡比中國作家長？」我想答案或許就在一些中國作家喜歡「抱空腹」不讀書吧？

《愛廬小品》完稿了，證明只要眞心熱愛文藝寫作，年齡並不是一個難關。同時也證明靜下心境多讀書，仍是寫作的最大助益。我把這過程寫下來，或許對有志文藝的朋友生一點警惕之心或鼓舞之心，就很有意義了。《愛廬小品》分爲「靈性」、「生活」、「勵志」、

「讀書」四册，各以春夏秋冬爲封面，春天談靈性，夏天談生活，秋天談勵志，冬天談讀書。好的小品文應該是「寸山起霧、勺水興波」的，這理想還遠著，再努力吧！

民國81、8、12《中華日報》

打架沒贏家

1

人是喜歡看「衝突」的動物，這是人性中最陰暗的一角。

兩隻蟋蟀各自在振翅鳴叫時沒有人去觀看，兩隻蟋蟀在死命地對咬，就引來大群的人圍觀下注，大呼過癮；兩隻鷄振羽舞影沒有人觀賞，兩隻鷄成爲鬥鷄，竦身怒目，就引來大群好勝者拍手鼓譟。然而當蟋蟀咬得牙齒零落，當公鷄鬥得冠血淋漓，輸的固然是輸了，贏的也一樣血痕縱橫、步履歪斜。所以只要開打，就沒有贏家。

因此老子說：「戰勝，以喪禮處之！」即使戰勝了，也要視同一場可悲的喪禮！打鬥的本身就是一種最不祥的事件，「大軍之後，必有凶年」，打鬥得愈兇愈烈，凶荒的災殃也就愈嚴重，愈提早報應到眼前來！

2

因為人喜歡看「衝突」，所以「衝突」就成為視線的焦點，電視鏡頭的映照，非但沒有激發羞惡之心，反倒煽起虛榮的快感。

快要二十一世紀了，面對著高度的文明，竟然仍以人類最原始野蠻的本錢，想要以「力」服人，卽使有群眾在旁叫「讚」，也不見得就有了價值與地位。

做什麼事都是一次生，二次熟。妓女第一次接客，還有點忸怩，多次以後就看得平常，到後來就手滑起來，順得很。打架也如此，第一次也許還自責有失風度，良心尚在，多次後就視同家常便飯，到後來打人的手也順得很，上上鏡頭臭一臭又何妨？

3

古人說：「怒起於愚，而終於悔。」

每一次打架發怒，都是由於愚蠢，最後必陷入深深的懺悔之中。然而，現在打架的人，不自覺愚蠢，更不會懺悔，因為他們每天告訴自己：「打架的動機是為了治國平天下！」

有了個冠冕堂皇的理由，就千萬人吾往矣！其實人性中有一種毛病，就是喜歡拿一件很美的德性，類似於自己缺點的那項德性，並比在一起，覺得足以自慰。譬如自以爲守著公理，其實是執拗奪權的意氣在作怪；自以爲性情坦率，其實是粗躁暴戾的意氣在作怪；自以爲秉性樸厚，其實是鄙野愚魯的意氣在作怪；自以爲不好事，其實是苟且怠惰的意氣在作怪……意氣都很像美德，說穿了，這就是自欺，這就是愚昧嘛！憤怒不都是從這愚昧中發生的嗎？那一朝的治國平天下是靠打架來完成的呢？不講正心誠意，不講修身齊家，就靠「馬上」的征討便能平治天下嗎？

4

打架有什麼好處？我看不出。打架薰染成一種習俗，最後生根到天性裡去，就很可怕！天下的治亂，都繫於風俗的美惡，風俗一惡，要挽救就難了！

譬如婦女纏小腳有什麼好看的？但當全國男女都雷同附和的時候，賊害手足來求取妍媚，竟變成一時舉國瘋狂的趨勢了！又譬如男子吸鴉片有什麼益處呢？當薰染成風尚以後，積習難改，癖好往往扭曲了人類善良的天性，什麼壞事都做得出來。我擔心打架薰染成一種習俗以後，社會上對「以武犯禁」的人，產生一種「俠」的幻象，導致法治的瓦解。美國從西部武俠片裡「誰拔鎗最快誰就贏」進化為西部的文明繁榮，難道我們要從文明繁榮退化到牛仔打仔去？

其實分析一下「武俠」片，都是一些血氣之勇，這些只知鼓動血氣的人物，無不是多煩惱、多躁急、多殘忍的。多煩惱的人福薄、多躁急的人命短、多殘忍的人絕種，「武俠」的下場無不如此，其中就是天理。中國人向來教人和平仁厚，才是延福壽、蔭子孫的好方法，錯得了嗎？

5

「打架不能「延福壽、蔭子孫」？聽起來好像風馬牛不相及。不過從教育的角度看，青少年總是相信成人們所做的，而不相信成人們所說的，身教遠勝言教，像打架粗暴這種人類劣根性的模倣，一學就會，染黑弄髒，特別容易嘛。

家裡生了個不肖的子孫，往往是自己事親不孝的孽報，沒有粗暴的父親，也不容易誕生魯莽的兒子。有樣學樣，快速而不差，古諺說：「不信但看簷前水，點點滴滴不差移！」後面接著而來的那滴水，不差不移地正好滴在前面那滴水的窠臼裡！

所以在骨肉間打架，充滿戾氣，家庭必有奇禍；在眾目睽睽下打架，一臉肅殺，貽患無窮，當然會損全國的福壽、禍全民的子孫。

6

打架實際上就是德性修養全盤破產的一種宣告，動粗的本身乃是智慧與能力缺乏的證明。

我在師範讀書的時候，一位老師對我說：「千萬不要對學生動粗，動粗就是自己教學無能的展示！」他建議我們，當舉起手來要打下去的時候，最好把手舉到嘴巴的位置，然後先咬自己的手一口，就知道打在別人身上將有多痛！三十年來我在教育崗位上絕未打過一個學生，就是受了這種用自己的身體來代替別人身體受罰的教訓，「仁」字就是二個人，「假如我是他」，將心比心，愛就誕生了！

不打人，凡事以平心靜氣處之，給自己帶來了安樂，也順利地解開了許多拂逆的苦惱，就像解開一團亂絲，愈是動火力爭，亂絲就愈㨝愈緊，倒不如從容和順，結就一一自解啦。

7

打架還有什麼損害呢？那就是「心」的渙散，誰會在打架以後就心服？不思報復？

一群流氓要打架，千萬別去圍觀，你我最佳的上策，就是快速地脫離現場，然後站在安全的地帶加以詛咒！一個國家到處打架，當然稍有資產門道的人民，都紛紛移民外國，然後隔岸觀火，冷眼諷嘲！

而那打架的一群，在「痛快」過後，內心只有「快快」！能有什麼收穫？在資金失血，移民外逃的景況裡，心理的損害更大於物質的貶損，最後致使全國的人民都是輸家。

8

打架還有什麼損害呢？那就是人必自侮而後人侮之，兄弟鬩牆，外人聽到了「家醜」而嗤笑；鷸蚌相爭，隔岸的漁翁爲牠們的「堅持」而竊喜。

希望我們不是那隻鬥鷄，贏的是場外押注的人；希望我們不是那隻蟋蟀，同室操戈，贏的也是作壁上觀在拍手的人。停一停如鉗的牙，歇一歇如錐的喙，更希望我們也不是你死我活的鷸和蚌！相互退一步，海闊天空；相互忍幾分，春風習習。海峽彼岸的漁翁，已經結集了大批船隊，調來了眾多的殲八機，難道一定要在登陸戰的隆隆炮聲裡，仍扳斷你的牙齒，啄下我的羽毛，死纏著不鬆手嗎？

民國79、3、15《聯合報》

渡錢關

在過往的生命中，我好像一直沿着單行道前進，境遇雖有苦難貧窮，卻從不像今天這樣詭異，令人迷惑。以往抗戰剿匪，即使艱困，只要憑「威武不能屈」，就通過了難關。後來顛簸流亡，生活無着，也只要憑「貧賤不能移」，就通過了難關。而今天，錢潮氾濫，到處撈錢，反倒教人氣惰志溺。唉，錢關難渡，看來「富貴不能淫」，比前面的二重關卡，更難以飛渡呀！

「股票……股票……老師呀，我現在每天賺六十萬，如果這天沒賺夠六十萬，我就像整天沒吃飯似的！」我有一位學生，專替股票大戶放風聲，在放風聲之前，先撈一筆，然後教大家跟進，據她說，每天穩賺，她說到高興處，也會偶然想起我這個一年薪水還抵不上她一天賺的，就會安慰我說：「我是身體不好，必須多撈點救命錢，那像老師身體健康，錢少點也沒關係！」

每次聽完股票經的疲勞轟炸，不能不受點震撼，腦筋暈眩了三十分鐘，然後長嘆一口氣，去中央圖書館，借出一大疊線裝的冷門書，一句一句地讀，待木刻本上的字一個個重新清晰起來的時候，才輕輕地唸一聲：阿彌陀佛！

「黃教授，你既然不做股票，錢閒着也是閒着，我現在只要有十五萬，就投給羊頭公司，每月利息六千元，你如果有一百五十萬，每月不就……」這位同事的太太，原來是羊頭公司的「專員」，看準了人心的弱點，猛下釣餌，看我還不動心，就比給我看：「李教授、于大夫，多逍遙，每天全家大小上小館吃的喝的都是利息錢！」

我好不容易突出了「專員」的重圍，腦筋又暈眩了三十分鐘，然後長嘆一口氣，去中央圖書館，借出一大疊不合時宜的冷門書，一句一句地讀，這回可讀到了一個故事：

王翺在吏部做官的時候，有人送給他一百兩黃金，他決定不接受，但仍常常念着發亮的黃金，遲遲未作遣返的決斷。那天晚上，他走到中庭徘徊，出出進進了好幾回，直到夜半，忽然在中庭大叫自己的名字：「王翺！王翺！如此不長進！只為了黃金百兩，就一夜睡不着嗎？」一面叫，一面用力打自己的耳光三下，然後進房去睡着了。當時有一位伙夫，偷偷地窺視着王翺的動作，私下嘆息說：「這些君子人，面對着錢財，雖不能不被牽動，但用功得如此苦呀！」

我讀到這裡正想笑，原來錢關難渡，古今皆然！只見眼前又浮起那「專員」的臉孔，一副不屑的神情：「那是骯髒錢？我們現在叫做『個人理財之道』，你懂不懂呀？」

心剛安了幾天，一輛BMW的嶄新轎車開到家門口，原來是妻的往年老同學來拜望，他說：「桃園那邊有塊山區的坡地，現在每坪才四百元，預計五年後是一坪四萬元，做高爾夫球場或是墓園，眞值得投資！」承他看在老同學的情分上，來邀我們也合夥一份，他說着說着，從皮包裡拿出二三十張土地權狀揚了又揚，對我說：「如果我還在做老師，不知道現在有多慘！」

妻讓我最心儀的一點，就是對錢毫無興趣，除了談到投機股票她曾疾言厲色拒絕外，其他賺錢的門道，她只是靜靜地聽，沒有半點興奮；這位老同學好像沒遇到知音，兀自駕着BMW走了。我鬆了一口氣，就去中央圖書館，冷門書又借了一大疊。

這回書怎麼也讀不下，因爲中正紀念堂大門口，有人在遊行抗爭，麥克風愈放愈響，聲嘶力竭之餘，進行曲又響起來，不久一陣亂喧亂嘩，吵得圖書館裡也鷄飛狗跳，外面究竟打砸成什麼世界了？線裝書可不是變成鴕鳥的藏頭洞了？

闔上書，就想起入籍美國的哥哥在越洋電話裡常常向我叫喊：「臺灣不能住了，別死心眼，還是由我幫你們辦移民吧！來紐約開一家餐館，順利一點，一天賺千把塊美金是小開司！」老同學也從加拿大來信說：「加拿大人民優哉游哉，根本不急着賺錢，我們來賺好容易㗎！」一位剛移民澳洲的朋友更是對準了我的胃口道：「澳洲的厨房窗外都是碧草與白羊，哪像臺灣連圖書館外面都有暴民呀！」

唉，心眞像黃河的水，澄呀澄呀，好久才清澄下來。我還是要讀這些線裝的冷門書，漸漸地也體會到古人所說「讀書亦是度苦厄法」的道理。眼觀今世，心雖然在痛，但哪有比丟下這些書，丟下這個熱愛的地方更痛的呢？自己的文化，自己的土地，這些都是深埋在生命裡的火種，怎麼也不忍心去擰熄啊！

每天還是去中央圖書館的好，一天在路邊遇到一位衣著入時的新潮流作家，她對我說：「我知道黃教授對飆股票、飆房地產、飆進口車，還有什麼投資移民，都不見得有興趣，黃教授是讀書人。」這位女作家覷準我故作矜莊的矯情的缺點，說得我面子十足。她又說：「讀書人就編編書吧，編本什麼文選之類的，既不費功夫寫，又可以出名，還有錢拿，被編選進去的人滿感激你，可以增進情誼，沒被編選進去的，你等於向他展現一下『生殺之權，也是挺愜意的。所以編編選集，絕對一舉四得……」

哦，一舉四得，我的腦筋又開始有點暈眩，好不容易謝了這位點竅門的朋友，黯然走進圖書館裡，又借出一大疊半破半殘的線裝冷門書，心裡在想，世界上的陷阱何其多，奪利爭權之外，還有盜名，編書本來是高雅有益的事，弄錯了動機，也會變成陷阱，總結起來，都是爲了「錢」嘛！錢關也眞難渡！這回在冷門書上又讀到誰引孟子的話：「學問之道無他，求其放心而已！」久久爲陰霾所積滿的心頭，忽然像雷電樣地一閃一閃，有點光了。「求放心」，要怎樣「求放心」？陳繼儒在「安得長者言」中說過：「閉門卽是深山，讀書隨處淨土！」閉門倒不必，讀書一定是對的，我算找到了「淨土」嗎？靜心想想，禁不住高興地連唸三遍：阿彌陀佛！阿彌陀佛！阿彌陀佛！

民國79、3、3《中華日報》

廢屋與衰

在新生南路的兩側，至今還有一些日式的平房，有的庭樹依舊，有的芒草已站上圍牆，在這寸土寸金的臺北市，仍有任它空鎖或棄置的空屋，佔地頗大，感覺上很奢侈，很莫名其妙，所以我每次散步走過那邊，總愛向這些方形的木板平房，探頭望一望。

「有人了！」我在散步的途中，見巷口一棟年久失修的日式平房外，堆置了一排高高的新紅磚，我走過去，芒草都拔置在一旁，拆下的油毛氈，混合了腐朽霉爛的木板味，濃濃地刺著我的鼻孔。有木工在裡面敲敲釘釘，一個滿頭銀髮的老人，光著流汗的上身，正與木工講完了話，走出來蹲在屋腳邊，用紅磚水泥砌一條狹長的小花壇。我想這位老人，應該是這棟舊屋的主人吧？

老人臉上的皺紋很深，很粗糙，一團黝黑，幾乎淹沒了眉毛與眼睛，倒是光著的上身，肌腱凹凸而結棍，烏烏亮亮的，健碩得像個水手。一根細金的項鍊上吊著個英文字母，在弓著上身砌磚時，發亮的小字母在胸前盪呀盪，這與一般中國老人不相似，我猜他是從遙遠的海外歸來，飽經了重洋的風浪與霜雪，才又重回這舊屋來的吧？

幾天後，再散步過那裡，木屋已髹漆一新，綠得發亮，屋下的小花壇裡已種上數百株鳳仙花苗，木屋旁用磚牆新建了車庫，停著新車，而那個上身裸露的老人，還在屋外修修築築，他把新生南路屋角旁的六棵樹木，築起六個正方形的小花壇，買來不少花花草草，正培植在四周，被他一整飭，黃花紫鵑，街頭居然多了個小花園，走累了在花壇邊緣上坐一坐，挺愜意的。因此我又猜想他是把日本或荷蘭人愛惜居家四周的寸尺土地，加以精雕細琢地布置的觀念，帶回了臺北。室外是室內的延伸，或者說室外是室內的門面，室外是臉，室內是身體，內外公私是一體的這種環境觀念，他想要改變臺北人把牆角當作暗藏垃圾的地方，臺北市人只顧房門裡面的豪華氣派，一出門外，咫尺天涯，對室外的髒亂是視若無睹，從不肯費絲毫力氣去整理的。

再過幾天，我又走過那裡，鳳仙花已開成一列，粉紅小白，迎風輕搖，使牆腳顯得好美！只可惜花壇上的紫杜鵑已被人挖走。顯然老人又補種了茶花，茶花還含苞沒開，新翻過的泥土旁，多豎立了一塊小牌：「我愛臺北」，愛字畫一個紅心代表，這是摹倣「我愛紐約」畫成的吧？我猜這老人是一隻重歸舊巢的燕子，看遍了異鄉的青山綠水，才特別珍惜這舊巢的一草一泥，想他在海角天涯，流浪久了，心底無時無刻不在暗呼「歸去歸去」，若不是熱愛這塊故土如癡如狂，不至於一回來就想遍種花草，連屋外遍布車聲廢氣的走道上，也用心築呀築，恨不得讓故土可利用的每寸每尺，都是綠草遍地，都是花團錦簇！

下次經過那裡，行人道上的花壇，已經塌了一角，茶花又被人挖走，留下的坑洞裡堆放著汽水罐、塑膠袋，鳳仙花踩擲了一地，老人不在家吧？屋旁正停放一輛腳踏車，一個男人站在腳踏車的後架上，墊高腳跟，用一把鐮刀在勾割庭樹上的枝葉。看在我這路人的眼裡，都不免有點生氣，忍不住向那位伸高手上鐮刀的男子問一問，割這樹的枝葉做什麼？那男子只顧瞄著樹梢，眼睛也不向我看一下，淡淡地回答道：

「插花用來作陪襯，這樹的枝葉很耐久的。」

我細賞這株樹，嫩葉初生時紅紅的，老葉則翠綠而挺秀，橢圓形的葉緣縐摺極美，我不認識這是什麼樹，從他這一說才注意到這樹的秀美，從庭園內伸出枝條到牆外，只見樹幹上舊痕累累，大概老人沒回來前，月月有人來此勾割枝條，難怪這執鐮刀的男子，回答得如此理所當然，幸好全樹大部分在庭內，木質又很堅實，才沒被割死。

再過幾天，我放心不下，故意又從那邊繞，車庫門開著，「老人回來了！」我眞想知道老人的反應，走近去，垃圾早已打掃乾淨，樹壇上換種許多草本的「一串紅」，花壇的磚塊均已補齊，鳳仙重種了許多小苗，只是多了一塊牌子：「愛護花草，共同欣賞」，這八個字用毛筆工楷書寫，這分端端正正的誠心，使我對老人深深起了敬意，在牌子前佇立了好一回。

下次我再想去觀賞那六個「一串紅」花壇時，哈，奇景出現了！「一串紅」又全拔光，又換來成堆的可樂罐、檳榔盒，還有滑膩膩厭人的養樂多瓶，花壇雖沒有塌，但「愛護花草，共同欣賞」的牌子早已不見，只見樹上吊滿了橫七豎八的牌子：「沒公德心的天打雷劈！」「鳥也愛樹，狗也愛窩！」「什麼樣的國民，什麼樣的街。」「你們只想在垃圾堆裡打盹嗎？」「你偷別人花，別人偷你媽！」……一句比一句不堪入目，字跡劍拔弩張，顯然老人在一而再、再而三地與垃圾作攻防戰，與偷花賊作攻防戰後，已經忍無可忍了！寫了幾十條標語掛在六株樹上，標語歪歪斜斜與五顏六色的垃圾，形成了熱鬧而傷心的街景一角。

這幾個月，沒再見那老人，車庫已經空著，木屋恢復了蕪寂，芒草又站上了圍牆，老人又戴著發亮的英文字母浪跡天涯去了？我眞希望他的離去，不是爲了這點偷花踐草的芝蔴小事，這裡卽使再亂再髒再混帳，我們仍該再奮鬥，不要輕易棄之而他去，這裡畢竟還是我們的家，這裡不住，要住那裡呢？像我家後方新建一棟二十四層的豪華大廈，裡面住的都是幾千萬身價的人物，但是深更半夜，飲酒樂罷，竟有將整袋嘔吐物，嘩啦啦一齊臨空擲下來，濺得淋雨板與窗櫺上到處都是穢臭，比起偷花踐草要怎樣？你如去國家公園走走，前面賓士車裡的男女，不時有果皮紙屑塑膠袋飛出來：一扔出窗外，就沒有他的事了！比起偷花踐草又怎樣？這國民所得高達美金一萬以上的人民，觀念上還在過床底下養豬養鴨的生活，心態上仍然要有日本警察的監督才守法，但我們如不愛這些人民，又要愛哪國人民呢？環境總希望慢慢地改善，一下子四面種花是辦不到的。

我沒有機緣能和這老人說一句話，我明白，屈原看到自己費心種下的蘭蕙，都長成了蕭艾，氣得去寫〈離騷〉，這種心情誰不能體會？老人呀，多情總是被無情所惱的，世上許許多多無奈的事，愈當你情到深處，愈感覺到沒有地方讓你使得上力氣呀！

民國82、2、22《中華日報》

紙上的漁樵

案頭放了一部《徐霞客遊記》，就足足快樂了一個上午。

記得我年幼的時候，先父常講旅行家徐霞客的故事，說徐霞客到了南蠻的荒野，最喜歡到洞穴中探險，有一次聽說某洞中有怪物，就堅持要進洞去一探究竟。洞穴入口處扁窄且黝黑，人不容易爬，即使爬進去，萬一有了危險，無法轉身，洞外的人又不易救援。於是想法子，用一隻木製的大澡盆，徐霞客躺在大木盆裡，由外界用竹竿推塞木盆進洞去，大木盆上繫了粗繩，並懸了鈴鐺，洞內一有急難就搖鈴，洞外的人用力拉繩，就可以把大木盆裡的徐霞客拖救出來……

「旅行爬山怎麼會帶大木盆呢?他去旅行，會有很多救護的人跟著嗎?」幼年的我，腦子裡充滿著好奇幻想，總有不少反問的問題，打斷先父的話。

先父就告訴我，徐霞客並不有錢，旅行時只是肩上扛荷著一條棉被，手中執著一把油紙傘，足跡卻踏過了半個天下。因爲他文章寫得好，每遊一地，就把當地名勝風景描繪得極爲優美，他的衣裳上彷彿繚繞著泉光雲氣，他的筆下更是山川競秀，龍蛇奔走。所以每到一縣，縣官都歡迎他，招待他，接濟他衣物路費，有時會派人護送他。更有許多寺廟的和尙，主動成爲他危崖絕壑中的導遊，就等待他的遊記一篇篇寫成，成爲招徠觀光的最佳宣傳，使原本窮荒寂寂的地方，也成爲大家希望親臨一遊的名山水了。

「做一個擅長寫遊記的旅行家該多好！」我私心中已經在許願了，但是仍不放心剛才的故事，趕快問：「那大木盆推進洞去有了危險嗎？」

那大木盆推進洞穴還不到一丈，人忽然翻跌了下去，沒來得及搖鈴，外人聞盆翻的聲音趕緊拉繩，只拉出一只盆底朝天的空木盆，徐霞客卻失踪了，洞外的人焦急萬分，但也絕無可能救援的方策……

「一定是翻落到深潭裡去了！他身上有攀崖的繩索嗎？」我急著問。

徐霞客身上有帶布條，有一次在雁蕩山，面對飛不上、涉不過的巖石，就試著用布條攀援上嵌空三丈餘的巉巖，結果布條被凸出的石塊勒斷了。他這次倒沒用布條，原來他跌落百丈深淵後，發現自己正跌在軟綿綿黏巴巴的一個龐然大物的背上面，還沒摸清楚那是什麼神物，那龐然大物忽然往上昇，往上擡，把徐霞客馱到峰頂另一個洞口，很仁慈的放徐霞客出險呢！

「這樣的旅行太過癮啦！」我雀躍而起，那時候也不知故事裡有幾分是遊記上寫的，有幾分是先父添油加醬的，但就對這些亘古人跡所未到的龍蛇窟宅、原始荒野，一直抱著搜探遊巡的願望。

面對著案上的《徐霞客遊記》，嘴角微微綻開笑容，年幼時的嚮往，到今天已有能力雲遊四海去也，要美夢成眞不難，當然得及早放下些世俗的累贅，無累就是神仙，古人說「半老歸山信有緣」，要享遊山玩水之樂，就得趁著「半老」，不曾半老，世俗的事務太糾纏；如果太老，翻山越嶺也就力不從心了，我也會成爲徐霞客嗎？禁不住先衡量一下徐霞客的處境：

首先想到徐霞客所處的時代極苦悶，他出遊時，正是明朝末年的崇禎年間，政治上失去了理想，權力的排擠弄得正人君子很灰心，治安又很糟，有些省分盜賊蜂起，徐霞客的出遊，放情於山水之間，自然是放棄了傳統文人的價值觀，遠離社會的主流脈動，寧可到危巇險灘中去找尋桃花源，那裡還有一點功名之念在心上？

且看他到了貴州丹霞山附近，南板橋山嵐洞邊，就找到一個無名洞，轉折入洞，劃然上透，中間還有個巨塘，當地人避盜寇，用船渡水進入，與外界斷然隔絕，裡面另闢天地，可容千戶……啊，這不就是桃花源嗎？再看他每逢泉石幽倩處，洞壑玲瓏處，總會說是「考槃」的好地方，「考槃」就是賢人君子進德樂道的隱居勝地，啊，在這亂世，誰不希望找一個教眼睛發亮的乾淨土？

再想徐霞客的出遊，背離人群與故土，陶情於陌生的山水，也可以看作是一種自我的放逐，雖沒有政治迫害，但當價值觀顚倒混亂，黑白不分，理想喪失而只圖近利，有志之士會對現世失去信心，紛紛求心靈與形體的遠遁。徐霞客的奔走不是爲了衣食，更不是求取仕祿，只求私心的舒暢，滿足一下山水壯觀的好奇心，也可以說是看厭了紛爭的社會，只想與天地花鳥去做朋友吧！

且看他在蘭陀寺上度過除夕的夜晚，身在群峰深處，薄暮時憑窗遠眺，萬山漸墨，星辰嘩嘩，吐出一句「此一宵勝人間千百宵」，眞有蛻化人間汚穢，而邁入仙境的快樂，如此該熱鬧的節令，卻如此孤零的寄身蠻荒，當然，一個自我放逐的人，是以孤寂與失落作爲心靈享受的吧？

又想徐霞客畢竟不是漁父樵夫，寒風裂開皮膚，暑雨淹沒腳膝，他還是會把一路行來的辛勞，化成奇妙的文章，寫作不只是一時的自娛，還能紀於書而傳於世，用寫作來證明自己的存在價值，也以寫作來做爲自身拒絕末世社會的沆瀣一氣，所以把寫作看作宣洩與安慰固然可以，把寫作當做冷漠與反擊也未嘗不可。

在亂世中，就是要靠自己找到一點癡、一點癖，以陶醉自我。且看徐霞客去爬黃山，走到半山，雪已經陷沒腰際了，石上的凍雪已經結爲冰，堅而且滑，不容他的腳趾著力，他一步步以杖鑿冰，鑿開一孔放下了左腳趾，再鑿一孔以移動右腳趾，終於上了天都峰。爬到山頂做什麼呢？竟然是去「聽雪溜竟日」！這分一無實用目的的癡癖，一定令寺僧及樵夫都感動，所以每當徐霞客要進那個洞，常有樵夫在洞口守候，等他安全出來才走開；每當徐霞客要上那個峰，常有寺僧前導，他時時不惜捐軀性命，倒也沒有魑魅豺虎能危害他。記得王元沖說過：「賢人勿謂天不可登，但慮無其志耳！」只要有志，天亦可以登，月球也可以登，徐霞客大概把這句話作爲癡癖的座右銘吧？在河清海晏的昇平之世，有志者發大願、鼓大勇，正可以作爲做學問成大業的保證，但在亂世，就把這分精力勇猛，去蹈絕險、赴窮荒吧！

想著徐霞客在苦悶的時局裡，自管自的去解悶，南方狎海鯨，北方追塞雁，每每在朝陽靄色裡，狂叫欲舞，覺得他很過癮。我就想，我今天若想做徐霞客，一定會比他更加過癮，至少有三點，他沒有我幸運：

譬如徐霞客雖號稱「探奇盡禹甸」，今日我的旅遊更可以足跡遍天下。徐霞客後來雖到過崑崙山、星宿海，又說到達敦煌鳴沙山，見過西域沙漠，但轉來轉去，都不曾到外國。想想孔子當時也算過癮，不願躭在父母之邦，就周遊列國去，但自秦漢統一以後，直到明代清代，海禁森嚴，不許飄海，卽使父母之邦不能躭，外國還是不准去，偸渡出國可能死罪，苦守家邦想隱姓埋名也不可能。今天多好，出國旅遊任你去來，卽使視外國爲桃花源，紐西蘭加拿大，想移民去他國，也沒有人質疑愛國問題、忠君問題，政府還主動協助農夫移民呢！只要自己覺得安適就好，而世界各地，奇風異俗，景物壯麗，耗一生也未必看得盡，這一點徐霞客那裡能比得上？

再則當時交通不便，滿山草萊，曠廢許多時光在步行上，加以物質設備簡陋，到庵寺中歇足，能喝一盂熱粥已經算暢快的享受。「睡足山中雨，起探雲裡泉」，雖像個餐霞中人，完全只講精神滿足，卽使說「人過危途成快境，詩從險絕暢奇懷」，攀草牽棘，絕巘危崖，種種困窘的旅途遭遇，事後都成了奇妙的回憶，能寫成精彩的文章，但那能像今天這樣，乘星槎上天，旦夕之間，在洲際往來，海天萬里，四望空碧，再奇巍的峰頂只俯伏在腳下，而每到一國，美食儘你享用，華屋儘你休憩，沿線的觀光點，十里一景，舟車相連，三餐豐盛，瓜果不絕。所有的天險都被人力所勝，所有的天仙瓊漿供應無缺，奇景偉觀，珍禽異卉，儘你朝夕晤對，恣情飽覽，這一點徐霞客那裡能比得上？

單就寫山水遊記來說，徐霞客等於用自己兩隻腳在印證《水經注》，所經山川，都詳辨原委脈絡，又詳記風土民俗，在雲南山洞裡循著炊煙去找，找到一些「囚髮赤身」的玀玀野人，在織草鞋呢，這已經是天方夜譚。然而今天中外知識比往代開闊精深了上百倍，寰宇風情，海外奇談，大部在中國的故紙堆之外，光是各地的土著部落何止千萬？再說徐霞客寫遊記時，既沒稿費版稅，連全書要出版問世都極艱難，加以兵燹四起，國家亡覆，直到天下盛平的清代人想為他刊刻時，大部底稿已散失，據說目前所存不過六分之一。唉，那能像今天，一文寫成，報刊就廣傳宇內，稿費版稅，又成為下次旅遊的支助，這一點徐霞客又那裡能比得上？

想著想著，真為現代人的幸運而心喜，禁不住要學徐霞客那樣「狂叫欲舞久之」，古代的讀書人讀遊記、賞山水，或者進一步寫幾首回歸青山丘園的述懷詩，充其量不過是紙上的漁樵，真能付諸行動、身處林泉的人不多，我不知道自己能否走出紙上漁樵的困局，以真實的腳印，屐痕處處，不負天下的名山佳水，去尋找一個桃花源，真如書中所寫的：桃花流水，不出人間，雲影苔痕，自成歲月……

案頭放了一部《徐霞客遊記》，就足足快樂了一個上午。

民國83、1、2《中華日報》

我愛臺南

每每想起我到臺灣的第一個城市，和鄭成功到臺灣的第一個城市是相同的，我的記憶就被臺南紅紅的鳳凰花、開得滿樹滿枝的鳳凰花所引燃，引燃得熱血湧起，我常會想：鄭成功登陸臺南時，是不是也被這陌生而鮮豔的花朵所震懾呢？

像我這樣一個生長於上海的孩子，一旦踩在這亞熱帶的臺南土地上，所謂眼耳鼻舌身意，無一不在強烈的異鄉氛圍中，感到特殊的新異，引發敏銳的「初到震憾」。我初抵臺灣的那天，清晨就從基隆搭火車南下，當時的火車只有慢車，車身狹隘，一站一停，整整坐了十一個小時才到臺南，摸黑去尋找四維街，原來就在火車站後側的臺南一中旁邊，父親在四維街借住在一棟日式的院宅裡。

第一夜，睡在榻榻米上，「榻榻米」，好新的名詞，卻散發著陳舊的清香，拉動那扇紙糊的木格櫺門，上面有玲瓏的日本花紋，我哪見過門可以用紙糊的呢？也極新鮮。我就在想：鄭成功到臺灣，是在紅毛人占領之後，必然滿眼是荷蘭的建築圖案，而我來到臺灣，是在日本人占領之後，也滿眼是倭奴的文化遺跡呀！當夜聽四壁有戛戛的鳴叫聲，清脆而怪異，父親說這是壁虎在叫，只有南臺灣的壁虎會叫，別的地方還聽不到呢！我從沒見過大名鼎鼎的守宮，就在這難得一聞的耳福中睡去。

次日起來，細看這庭院，雖有點荒蕪，卻是很大，一株碩大的鳳凰樹竚立在中央，當時雖沒開花，那枝杪細緻對稱的柔葉輕輕灑動，很有撫慰人憂傷的能耐，給人想去依偎它的好感。樹下成群的火雞，不時抽伸著頦子，作出怪怪的叫聲，雄火雞還會翅羽賁張扮演生氣示威的表情，更惹人憐笑，舉目所見所聞，都是生平的第一次。

父親也一早起身，帶我去觀光臺南市的名勝，就像初到上海先要去逛一趟神隍廟一樣，父親帶我去了赤嵌樓與安平古堡。赤嵌樓步行就可以到，安平古堡就得騎車去。當時沿路還有許多鹽田，風沙吹來都是鹹的，三月的陽光，在臺南已出奇的暖和，大陸穿來的毛衣與棉褲已一無用處，每個人都是白襯衫，木拖鞋，踢踢躂躂，滿街地跑。

安平還是個很落後的漁村，我們站到安平古堡的瞭望臺上，這原本是臨水的砲臺，現在已高聳在沙洲上，循著這些銹蝕的砲管所瞄準的方向眺望遠方，望著鄭成功登陸的鹿耳門海灣，那時是一六六一年的四月天，而我來臺灣卻是一九五一年的三月天，年代相差二百九十年，季節倒很接近，鳳凰木都還沒開花呢！

「鄭成功好像就是爲臺灣而生的！」父親介紹說：「荷蘭人占領臺灣的那一年，鄭成功出生；把荷蘭人趕走的那一年，鄭成功就死了！荷蘭人占領臺灣三十八年，鄭成功也就活了三十八歲！」

父親一路上都在和我講鄭成功的故事，好像我家奔赴臺灣的志節，就像當年追隨鄭成功到臺灣的志節一般，一面從異邦人手中奪回自己的土地，一面爲抗清復明的中與復國大業而奮鬥。所以參觀回來，就把一副懸掛在赤嵌樓上的沈葆楨對聯默默記誦在心：

開萬古得未曾有之奇，洪荒留此山川，作遺民世界，

極一生無可如何之遇，缺憾還諸天地，是創格完人！

啊！臺南，這洪荒留下來的山川，是給明代作遺民世界的！想著想著，我對臺灣同胞，也油然生出十分敬意，原來他們大部分是追隨鄭成功來臺灣，都是同心戮力於復國大業的遺民子孫呀！保存故國的衣冠，奉守大明的正朔，有骨氣，有貞節，有苦心，是何等令人敬重

的一群呀！

爲什麼叫「安平」？原來鄭成功從日本回國，從小就住在福建南安縣的安平，這地名裡也有著與大陸的血緣臍帶關係的，把荷蘭占據下的「熱蘭遮城」改名爲安平，正是紀念大陸家鄉以稍慰鄉愁的意思吧？

爲什麼叫「赤嵌」？是沿用荷蘭文「商業中心」的意思，臺南市荷蘭人原本叫做「普羅凡蒂亞城」，據說還以柑橘的枝葉作爲市徽呢！而今天，我想市徽總該是鳳凰花吧！

荷蘭人爲什麼要取柑橘做臺南市徽呢？或許臺南的柳丁味美，遠勝西方的香吉士之類。其實我一到臺南，水果就眞使我大開眼界。新鮮的荔枝，我從沒見過，小時候只有在鬧新房的時候，新娘在分發花生、糖果、乾桂圓以後，最後被逼出來饗客的法寶，才是乾荔枝，親友們一吃乾荔枝，就得乖乖結束新房的鬧劇。江浙一帶把乾荔枝叫做「廐栗子」，廐廐的皮殼，沒想到在新鮮時竟是紫中帶紅，嬌豔得如此令人垂涎呢！難怪楊貴妃非要吃時鮮荔枝不可！不過，鄭成功登陸時，臺灣還沒有荔枝，荔枝引進臺灣，是淸人征服鄭氏後的乾隆年間的事，吃荔枝，一樣可以感受那一頁歷史的滄桑。

還有許多西方人難以名狀的水果，像稱之爲「鐘水果」的蓮霧，稱之爲「星水果」的楊桃，像菩薩圈結著靑綠髮髻狀的怪水果釋迦，在西遊記裡就出了名的人參果，卽使是普通的龍眼，我在上海也只吃過乾桂圓。還有一樹紅丹像栗子的乒乓、滿樹黃綠酸甜的檬果，在上海也只吃過乾醃而染成紅色的檬果乾，上海土包子根本不知道「檬果」二字如何寫，只含混地說「蒙古」，吃得我一嘴紅水還以爲是蒙古產的呢！所以我一到臺南，就被眾多素昧平生的水果所誘引傾倒，尤其是鳳梨，那時挑著一擔鳳梨沿街削賣的姑娘，都是用彩色布巾罩住斗笠下的半邊臉，好像只要五毛錢，就可以欣賞這姑娘熟練的刀法，削開這甜得淌水而周身盔甲且多刺的鳳梨。我對水果沒有特別研究，我不知道鄭成功到臺灣，在下達「圈地」的命令，要求文武百官「圈地山林陂池，盡其力量，永爲世業」的當時，究竟帶來了多少水果瓜豆的種籽？

但臺南眞是寶島中的好地方，不但稻米可以「一歲三熟」，即使大陸上溽暑天的絲瓜，只有手指般粗，一種在臺南，就如同肐膊般粗了；大陸上霜雪天的菠菜，只有手指般長，一種在臺南，就有肐膊般長了！蔬菜不分季節，長得快，長得粗大，地氣如此得力，是天助遺民吧？

所以水果之外，蔬菜也令我大開眼界。記得那時喜吃一種黃花菜，在上海也只吃過曬乾的金針菜，臘八和尚廟裡煮豆腐最好吃的菜，臺南有新鮮而價廉物美的，就貪心買了二斤炒來吃，一家人正大吃特吃，被隔鄰的阿巴桑一眼瞄見，竟吃驚地好心大叫：

「呀哮！吃黃花菜竟然不拔掉花蕊，呷了有夠笨！」那時我除了「呷巴未？」以外，臺語都聽不懂，還在奇怪爲什麼「不知道」閩南話說成「五隻羊」（上海話五塊錢的意思），搞不清阿巴桑在驚訝什麼，只管大口嘗新鮮美味，誰去管吃了會不會笨！飽食黃花菜的那個下午，果然頭腦遲鈍，昏昏欲睡，後來知道這黃花菜就是萱草，是極負盛名的忘憂草呢！原來如此，人所以多憂失眠，都是因爲太聰明了，不肯睡覺，如果笨一點又善睡覺，不就忘憂了嗎？

初來臺灣，的確是鄉愁極重的，天天切齒於滅共雪恥的大目標，想著鄭成功不也是母親被淫掠而切腹自殺，父親被磔刑，親亡國破，每每登臨安平古堡上眺望大海的西頭，恐怕絕不是兩斤忘憂草所能解愁的吧？而我家，從此就深深愛上了這黃花菜。

記得那年是在臺南過的年，是龍年吧？門上貼的一副賈景德先生書贈的春聯：「春到神州龍起陸，天開麗島鳳來儀」，對，天天在這「麗島」上等待的就是「龍起陸」！「龍起陸」！

後來我進入臺南師範讀書，每週都要唱校歌：

「臺南是民族革命策源地，赤嵌樓中留下多少光榮史！……」

後來我回到成功大學任教，每週也都聽學生在唱校歌：

「延平拓土興邦地……瞻望河山三萬里，腥羶未滌……」

我愛臺南，生活在臺南就像生活在鄭成功的懷抱中，可以和鄭成功一樣的泣血枕戈，以臺灣作爲抗清復明的根本之地，不畏浪洶濤逆，不畏荒陬路遠……

時光很快，我由臺南而臺北，又由臺北而臺南，四十年來，往日南師宿舍裡那株比四層樓還高的蓮霧樹，早被砍伐，徧地落果的景象不見了。成大附近夾道高聳的鳳凰花，也已改觀，臺南已由蔬菜水果的大田園，變成了大厦林立，世事都快速在轉移。

說是歲月無情吧，說是命運無奈吧，鄭成功祖孫奉著大明永曆帝的正朔到了三十七年，鹿耳門突然又漲潮一丈有餘，送鄭成功進入天險驅除荷蘭人的大潮水，竟又送清將施琅進入港道淤淺的鹿耳門，這是天意吧？但清人雖征服了鄭轄的土地，卻不敢不爲鄭成功建立「延平郡王祠」，那副「是創格完人」的褒美聯語，正是清人爲建祠而寫的。而我們，堅守在臺灣已經超過了荷蘭人的三十八年，也超過了鄭氏祖孫的三十八年，儘管政府遷臺四十六年後，已有些不肖子孫在諷嘲匡復中興的大業乃屬於可笑的神話，忘了鄭成功光復故土的恩德，反說是來壓迫生番熟番的！但英雄事業，哪裡是這批目光短淺、心胸褊狹的人所能訾議的呢？

政府遷臺四十六年後，自私的統獨之爭，已模糊了奉大明正朔的神聖意義；狹窄的省籍情結更忘記安平為什麼叫做安平，臺員各地，不時打鬥流血，讓高雄市成為野蠻城郭，亂擲起火的汽油彈，讓臺北市很像殺戮戰場，處處告訴我們：這島嶼快住不下去了！但，放眼臺南，樹下的火雞群雖然少見了，街頭的木拖鞋雖然絕跡了，可是至今仍溫馨寧靜，與高雄、臺北不同，赤嵌樓頭依然有殘陽照著，安平古堡仍有人在憑弔低徊，希望還不曾完全幻滅，我相信：臺南的可愛，就是充盈著這股歷史的英雄正氣，歷史決不會虧待英雄，千秋萬世，都會昭告：誰是巨人？誰是侏儒？誰是正義？誰是邪惡？臺南在浩然的英雄正氣裡，像滿樹紅徧的鳳凰花，將永遠是一個最輝煌的城堡！

民國84、1、7《中央日報》

下輯

天鼓鳴

消極的逃亡，不如積極地戰鬥

我出生的那一年，晴朗的天空中忽然一聲爆響，有天崩地裂的震撼力，父親當時在江蘇阜寧的郊野從事導淮的工程，隨著人群湧出屋外去仰頭探視，眼睛尖的，指著高空中隱隱約約一點黑烟，這點黑烟在千里外的上海，也同樣看到，次日上海的報紙記載「欽天監」遺老的話說，這叫「天鼓鳴」，世上將發生大戰亂了！所以父親替我命名爲姓黃名淮，字永武。

我出生的次年秋天，七七事變，大戰爆發，父母携著襁褓中的我，想回上海，兵荒馬亂，道路已經中斷，於是買一條船，從縱橫的水道小徑裡，逃往浙江的南方，昌化、永康、方巖……一連串父親感到陌生的地名，以船爲家，那時還不曾有記憶的我，就開始處處飄泊。

在一陣初期的烽火驚惶之後，父親在擁擠亂奔的逃難人潮裡，突然奮勇回頭了，與其消極地逃亡，不如積極地戰鬥，他接受浙江省府的命令，攜家回到淪陷的故鄉去，成立嘉善青浦兩縣抗敵委員會，和敵人周旋。

那時父親化裝成一個撐篙的船伕，而小小的我，可能只是一個道具，放在船頭，以掩飾父親的身分。

在這段歲月中，火車站上到處貼著捉拿父親的照片，父親也有數度被日軍捕獲的經歷，白刃臨頸，居然未死，這些驚險的遭遇，都成了我童年時最愛聽的故事。

太湖邊上生死渡，母子失散復重逢

追索我記憶閾中最早的事件，眼前就是一片茫茫的太湖水色，那是民國三十一年夏天，淪陷的家鄉，日軍正進行大掃蕩，母親帶著六歲的我與二哥，隨著一批撤退的軍民，偷渡過太湖，從淪陷區到後方去。

太湖邊的橋墩上，都駐有日本兵，從月光下偷窺日本哨兵在橋上踱步，橋下都用鐵絲網釘死。我們的船棲宿在蘆葦中，一聲不發，等待哨兵換崗的空隙，迅速攀過橋墩去，跳進橋那邊接應的船隻。

這樣翻過了三座橋，天色已明，總算通過了日軍的封鎖線，眾人在船中休息了一天，下午時刻在安吉棄船步行，那時夕陽曬紅了山坡，母親提著行囊走不快，挑夫挑著孩子走在前面，一群難民樣的隊伍剛翻過山頭往下坡走去，突然機關鎗響了，由山下向上掃射，挑夫把我按在地面，天空裡一陣咻咻的子彈聲，有人開始以手槍還擊，僵持了一陣，鎗聲初停，挑夫們早就丟下行李與孩子，四散逃命，那時母親已被衝散，驀然間一名大漢出現在眼前，一手挾著二哥，一手抱著我，往山谷的野樹叢間竄去。

鎗聲斷續地對抗了一回，漸歸沈寂，但暮色已籠罩了山谷，大漢帶著兩個孩子，在黑夜中摸索，我記得還稚真地問大漢：

「身上沒有錢，怎麼能回家鄉去？」

「一路討飯，也可以回去的，放心。」大漢答。

「被日本兵發現怎麼辦？」

「開鎗的不是日本兵，是搶東西的八路。」大漢又說。

山谷裡步步殺機，許多螢火蟲在黑夜中亮得嚇人，讓我們誤以爲是手電筒，而大吃一驚。事實上，眞的有不少手電筒正在尋找我們。當母親奔還船裡，爲丟失兩個孩子而痛哭，寧願死在岸邊，也不能離開，所以整船的人又只好上岸尋找，終於找到了我們。

午夜開船時，異樣的鎗炮聲又大作，原來八路軍已搶完我們的行李走了，而鎗聲驚動了封鎖線上的日本兵，日本兵往這山區轟擊，日軍搜索前進時，喜歡放火燒村莊，遠看一座座村莊被焚燬，像夕陽一樣，在黑夜間紅了半爿天。

整月吃冬瓜，整季吃長豆，山村此外無兼味

我們抵達了後方，父親趕來會合，就在安徽南方廣德縣的柏墊村居住，柏墊有一座簡陋的小學，書册缺乏，父親向一位軍長級的朋友，借來了《唐詩三百首》，教二哥背誦。

二哥背著杜甫的〈兵車行〉，我也隨著哼，只知聲調，並不知道字怎麼寫。父親每天喝酒，替父親沽酒卻需走去三里外的小鎭上，二哥提著酒瓶哼著唐詩，我也陶醉在詩調中，「君不見青海頭，古來白骨無人收——」兩兄弟哼著爭著下一句，竟看不見眼前的景物，常常忘了橋頭要拐彎，等到發現走錯了路，寃枉路早走了一大段，兩兄弟都蹲下來笑岔了氣。

後方山村裡，一到冬瓜成熟的季節，就整月吃冬瓜；長豆成熟的季節，就整季吃長豆，飯桌上只有單一的菜蔬，而沒有「兼味」的。紅莧菜只吃一個月就過時，但長豆除了吃掉，還每家醃上一大缸，大缸比我個子還高，一大缸醃長豆就得在呼呼的北風天吃整個冬季哩。有一次母親買了六個冬瓜放在牀底下，每餐只有冬瓜佐餐，我每次放學回家，總先探頭牀下，去數剩餘的冬瓜，眼看冬瓜快吃完，那天興致勃勃地去上學，心想今天放學回來，一定可以換吃別的菜餚了，那知道回家一進大門，就望見牀下獃獃地排著五個新買的黃綠色的大冬瓜，幼小的我，就趴在門檻上放聲大哭起來。

物質生活雖苦，災難卻並不曾完結，一天深夜，有很急的敲門聲、高喊聲，父親起床應門，原來是那位軍長朋友派勤務兵來通知我們的。

「再過十五分鐘，日本兵就到這裡！」勤務兵氣急呼呼地只說兩句話，就飛奔而去。

父親點了燈，緊急喊醒全家，燈光裡惶急的家人們凌亂的影子，使全棟房子搖晃著，穿衣著鞋後，不知該搶拿點什麼東西？父親拿了衣服又丟下，扛起米袋又丟下，最後是一手挾著孩子，一手抓了個酒瓶，率領全家，竄入後山的小徑，由小徑剛轉上山腰，俯看我家的住屋，一排排已經起火燃燒，日軍抵達，屠殺已經開始！這時父親驚覺平生最鍾愛的一塊珮玉，遺忘在牀頭，此刻正在烈火中焚燒著。

「什麼財物都是空的，」父親喝了一口酒說：「只有酒，還可以支撐我多走一段路！」

住過戴東原的家，反日字眼惹師長驚慌

就在炮聲槍聲的對峙間，我們露宿於荒山，沿著天目山麓，步行四百餘里，逃往安徽的屯溪，租住在屯溪附近的隆阜村，那是大戶人家，院內有結小蘋果的花紅樹，門前有插旗竿的石筒，後來才知道，這原本是清代大儒戴東原的家。

戴家門廳的閣樓上，堆放著「肅靜」「迴避」等告示牌與大燈籠等雜物，閣樓是個神祕的處所，傳說上面有狐仙，誰也不准上去，偶爾樓板塌落，隨著劈劈啪啪跌下幾本線裝古書來，《論語》、《孟子》，撒了一地，如果那時我就懂古書，該多好！

不遠處是戴東原讀書時代的洗硯池，民國後改爲小學，我在小學中讀書還不到一學期，父親又受命爲滬杭路行動總隊長，主要是到淪陷區中籌劃接應美英蘇盟軍可能於乍浦登陸的任務。

他便攜兒帶女，又從屯溪返回杭州，每次出入淪陷區一次，就經過八路軍、和平軍、日本兵的重重關卡盤查，有時只爲了一個塑膠製的盥洗袋，就被一再懷疑是游擊隊，一面盤查

刁難，一面其實是敲詐紅包，父親帶著一群孩子，掩飾得毫無破綻。

我回到淪陷區的俞匯小學裡寄讀，把後方老師教的「打倒日本帝國主義」八個大字寫在習字簿上，那天引起了全校老師與校長的驚慌，校長帶我到操場旁的池塘邊，指著池邊一截截黑木樁，要我比比看，頭和木樁那個硬？木樁上有日軍試刀的斫痕，歷歷如新！

下一天校長還是不放心，又帶我到鐵路的橋墩下，指著高聳的橋墩上，穿著長皮靴的日軍哨兵說：「他們養了許多狼狗，指你的耳朵，就咬掉耳朵；指你的鼻子，就咬掉鼻子，準得很，差不了！」

上蒼又擂「天鼓」響

父親在淪陷區裡編組好許多行動隊，祕密印製了國旗及盟軍的旗幟，準備迎接反攻。但是輕武器的獲得，這時已十分困難，於是父親又再携家由杭州赴屯溪，到後方報告。

這次是由富春江、新安江水路去的，水灘很淺，水流又急，大人們都上岸步行，由縴夫用繩拉著船上灘，一轉一個高灘，一灘比一灘險峻，上面的船只有船尾底，下面的船只見船頂，母親買了一大簍白枇杷放在船內，孩子在船裡一面吃枇杷一面賞水景，枇杷吃完時，船也就快到終點了。

重到屯溪，在另一所小學中寄讀，那時已是三十四年夏初，讀不到一學期，有一個夜晚，忽然滿街的鞭炮聲，人聲喧騰，原來日本宣布無條件投降了！父親和我踩著滿地的鞭炮紙屑，和滿街的人歡談，大家整夜不曾睡覺。

回到上海讀小學時，已五年級了，回想前四年中，砲聲刀影，到處爲家，好像不曾在哪所學校裡讀完過整個學期，小學的生涯，都是逃難打仗，打仗逃難。勝利後「天鼓鳴」帶來的災難似剛結束，但不久又是經濟騷動，徐蚌會戰，赤燄又遍燒著江山，小學的流離逃亡以後，想不到又緊接著初中的流離逃亡，逃得更遠更久！唉，老天，無雲無雷，好端端地，爲什麼忽然擂響了這一聲「天鼓」呢？

民國77、9、20《中央日報》

生死一念間

父親過世已經七年了，他遺下一疊陳舊的「年事紀略」，仍藏在香案下的書櫃裡。父親生前常敍述北伐、抗戰、乃至大陸沈淪前後許多可驚可愕的事蹟，雖然有些事蹟講過百十遍，連媳婦兒孫都能複述，卻百聽不厭，因此我確信這本「年事紀略」中的故事，是一座豐富的金礦，總在等待一個閒暇的時日，來整理開發。

七七抗戰已逢五十週年，各報都刊出了不少「抗戰文學」的作品，令我又鮮活地想起父親抗戰時在俞匯小鎮險些罹難的那一段插曲，禁不住端出那包「年事紀略」的舊稿，舊稿外面套著塵灰半暗的塑膠袋，早期的塑膠袋有一股濃重刺鼻的氣味，裡面的紙質脆而黃，當我翻到民國三十一年春天，有一排文字掠過眼簾：

日軍大舉掃蕩蘇嘉滬三角地區之役，殺人盈千……

父親在俞匯險些罹難的往事，大概就在這頁前後，我翻到這段故事的開端，這樣寫著：

清晨，濛濛的春雨剛停，我到馬家濱河橋邊踱步遣悶，新嫁來這個村子的阿桂，與其他村姑都在河灘的石階上洗衣服，阿桂的母親從鄰村搖一條船來，滿臉驚惶的神色，船還在河心，就大喊：

「阿桂！阿桂！你沒事吧？」

阿桂停住了搓衣的動作，挺直了上身，訝異地回答：「姆媽，你一大清早慌什麼呀？」

「昨夜我們都躲在湖蕩裡，望見你們的村子火光很大，還有人哭鬼嚎的聲音，以爲有日本兵殺來了，今天天一亮，我忍不住划船來看看，別人都勸我不要來，也不敢來，你原來沒有出事呀！」

「眞奇怪，這裡好好的，大概是鬧鬼火吧！」

河灘上的村姑面面相覷，在農村裡，野墳很多，有的屍骨暴露，一到春陰雨濕，會出現整夜的燐燐鬼火，遙望像熌熌的火光。

這幾天，遠方縣市有日軍濫殺平民的傳聞，已使人心惶惶，我聽到阿桂母女的對答，心中更有一種不祥的兆頭。於是就約內弟玉餘，一齊到附近的小鎭俞匯去，想去茶館聽聽消息，鄉村裡的訊息傳播，不是靠報紙廣播，而是靠茶館的馬路新聞。

就在這天下午，日軍從後村湧出，四周的農村，也都有日軍撲攏來，一路搜殺，不一會，把俞匯小鎮全部包圍。等大批日軍的船隻一一靠岸，鎮上雞飛狗跳，早慌作一團，並且傳來疏落的槍聲，在喝阻逃命的小船。我在驚悸間竄出茶館，逃進對街的張耐先診所，張醫師已經乘漁船開溜，張醫師的母親見到我，就說：

「快快上樓躲一躲吧！」

街上的日軍已在喊話：

「所有的男人，馬上到小學的操場集合，不去的就要殺！」

我在日軍淪陷區裡曾擔任三民主義青年團松江七縣的團主任，先與中央派來的三十師師長張鑾基合作，安排敵後工作；又曾與忠義救國軍阮清源司令在蘇州、嘉興、上海這三角區的十一個縣市裡打游擊。這三角區裡沼澤綿延、水渠交錯，是江南的魚米之鄉。村民的交通工具都是船舶，日本雖佔領這地帶的大城，卻無法深入各村鎮，因爲小隊人馬來，就被游擊隊殺掉，湖蕩裡常有日本兵的浮屍；大隊人馬來，汽艇的馬達聲音，早把這兒的人馬驚醒疏散，實際上，這三角區裡，經常有游擊健兒出沒，使日軍十分頭痛。這次日軍作了周詳的部署，動用大量的兵力，卻分乘許多小船，倏忽無聲，對這個三角區進行大掃蕩。我的照片常被懸在鄉鎮火車站的追緝通報上，如果也到小學操場集合，一定立即被認出來殺戮掉。

我奔上張醫師診所的樓上，樓上是一大間主臥室，臥室三邊都是雪亮的落地玻璃窗。張醫師的妻子正抱著嬰兒餵奶，我們都是熟識的，她也知道我的身分，張太太見我上樓免不了帶些驚慌，躲那裡呢？這時，日本兵由沿街的喊話，已進一步在逐屋搜查了。

「屋裡有男人嗎？」聽到清晰的日軍問話。

「沒有。」張醫師的母親在樓下回答。

日軍似乎不信，馬靴伐伐的踩踏聲已上了樓梯。

張太太立刻抱著嬰兒往床上躺，還打開被子，用手招我，她把表情誇張到最大，把音量壓制到最低，急急地說：「你裝病，一切我來應付！」

我遲疑一下，不肯過去，馬靴伐伐聲，從低階愈走愈上來了。

忽然一個念頭掠過腦際，今天是死定了，生死事小，但絕不能死在朋友妻子的床上，豈不連累她的名節？這才是大事！念頭一閃，心頓然鎮定了下來。我不顧張太太不斷用手指，指著那掀開的棉被，便逕自走到雪亮的窗口去，在大幅玻璃窗前的一長排籐椅上坐定，閉上眼睛，一動不動，決定任何呼喚都不理，就等待刺刀從胸膛戮進來。

日本兵終於推開了房門，向床上的婦人問話，張太太一語不答，日本兵用步槍刺刀往床底下捅了二下，我不知道刺刀將從身上那一點戳進來，但決定死也不吭一聲，日本兵的靴聲從我腳旁繞過來又繞過去，樓板上聲音奇大。

「砰！」我以爲是房門被踢了一腳，微微開啓眼睛偷看，房門居然關上了，日本兵的笨重蹬音，步步向樓下踩去，我吁了一口氣，原來日兵要緊在看床上的婦孺，卻沒有注意到我。

等到人群驚悸的聲音，隨著日軍搜索的隊伍，從各街坊逐漸向小學操場方向集中的時候，張老太太趕緊在屋後的河灘上招呼了一條渡船，擺渡的村婦也認識我，我就伏在渡船的艙裡，逃回了馬家濱。

馬家濱村子裡留下了一群驚惶失措的老弱婦孺，屋後蔡家本來是定今天下午迎親完婚的，被懷疑是游擊兄弟的集會，新郎受到嚴厲的拷問，押往鎮上，吉凶莫卜。

而我則一直在焦急玉餘內弟的禍福，玉餘內弟是淳厚的農夫，小時練過一些氣功，身體很結實，應該挨得住幾番拳打腳踢的。不過，鄰鎮鐵道橋頭駐守的日本兵，常唆使狼狗咬人耳鼻，作風野蠻，還是教人相當擔心。

直到深夜，才見到玉餘全身濕漉漉地回來，撫摸鼓鼓的小肚，腳也站不住似地哼著：

「好險！好險！」

玉餘內弟是被驅趕到小學的操場，在那裡，日軍命令所有的中國男子兩兩對立，列隊排好，然後把年輕一點的小伙子，像老鷹提小雞一樣，抓住脖子後的衣領，從兩兩對立的行列中間提過去，要兩旁的男人同時叫出小伙子的名字，並且要大家願意和他負共同保證的責任，如果有人叫不出小伙子的名字，或有人不願意負共保的責任，就被判定是游擊隊，拉到操場盡頭去槍斃。

一提解互保以後，已殺了不少人，即使被保證過的年輕力壯的男子，還是不准回家。日軍運來了許多袋礱糠，這些去掉米粒後剩下的穀子硬殼，在江南是作燃料用的，都帶有小小的尖刺。日軍竟喝令每個男子各嚥三大碗礱糠下肚，小學操場旁邊是一條大河，就以灌河水來幫助下嚥。玉餘用手指著張開的嘴巴告訴我：「礱糠刺得喉管發麻！」

拼命吞嚥三碗礱糠，灌了一肚河水以後，原來折磨纔剛開始！日軍喝令所有肚子鼓鼓的男子，頭靠頭，腳靠腳，一排排平列地仰天躺臥，天啊！一二百個日本兵，穿著厚底皮靴，噸位奇重，還手橫著步槍刺刀，從這個肚子，跳到那個肚子，膨！膨！日軍並著雙腳作青蛙跳！死命地在平仰的小肚上騰躍踐踏！有些人經不住三二下踐踏，肛門已有脫糞的現象，到後來，許多青年的嘴裡也被踩得糞便噴擠！

不知騰躍了多久，日本兵也累了，滿場呻吟哀號的聲音，總算滿足了這批日本兵。他們要把抓得到的中國青年，個個弄成病夫，教你無法加入游擊隊。蹂躪了這半天，日本兵才喝令還能站起身來的男子，說：

「想活命的，趕快從前面的河裡游回家去！」

這時天色已經昏黑，玉餘內弟小時放牛，就喜歡練肚子氣功，又擅長游泳，終於能從死屍滿地的操場邊，躍入大河游回家來，肚裡的三大碗糲糠，還不知要作怪到什麼時候。屋後那位可憐的新郎，行踪杳然，竟一去不回了。而隔村阿桂的母親曾預見馬家濱火光兵燹的事，更令全村毛骨悚然。而我，又度過了一劫！和玉餘分手纔半日，相聚時竟漫長得恍如隔世，二人相對流下淚來，都在想，天會亮的吧？

民國76、8、9《聯合報》

故事如美酒

每當開飯的時刻，父親總愛酌一杯酒，有時窮得買不起酒，就算上當舖，也得張羅一瓶爛米酒到手，這爛米酒遲早要得胃潰瘍，父親那裡管這些，爛米酒一喝，話就多囉！

「弄好了菜，沒有酒，豈不是叫人來吃飯，又先給人一個耳光教訓一樣？」父親最恨吃飯沒有準備酒。

只要菜酒全備，好壞倒不拘，酒入熱腸，父親的回憶故事就大批出籠了，那些故事總是環繞著故國的山水，從北伐、抗戰到反共，有許多事都遠超出我出生的年代，而故事的內容，有歷險的，有趣味的，也有鬼怪的，父親的悶葫蘆裡不會少於一千零一夜的軼事，隨酒興所至，滔滔而來。

父親很愛講一個「田鬍子」的故事，田鬍子，本來是一股土匪，帶頭的黑鬍滿嘴，大約有二百來個人，就自稱「田團長」，專門打家劫舍，但到抗日戰事一起，也變了個人，專殺日本人與漢奸。殺了日本人，就剝光衣服，泡在河裡，讓屍體脹得像具白肥豬；抓到漢奸，就先綁在樹上，再用刀刮。

田鬍子有一次請父親吃飯，正是剛抓到兩個漢奸綁在樹上的時候，飯桌鍋竈都在野地架設，一壺老酒伺候著。父親一到，那鍋竈就生起火來，乾柴在烈火中啪啪地爆響，田鬍子邀父親在簡便的繩椅上坐定，父觀勸他接受游擊隊的收編，接受訓練，又可以正式發給薪餉，何樂不爲？但田鬍子嘻嘻嬉笑，不肯多談正經事，他寧可浪走江湖，而且他不可能戒掉鴉片與搶掠婦女。

正在談著，一個長著三角稜眉的壯漢走過來，皮靴叭的一聲立定，向田鬍子報告說：

「可以開始了吧？」

田鬍子略使眼色，剛說個「好」，那壯漢就往樹林那邊跑去，父親順著漢子的步向望過去，兩個用黑布蒙著眼睛的漢奸被繩索從頸部至雙腳，一圈圈周身圍綑，像一隻肉裹裹的粽子。壯漢一聲口令，樹背後站著另二個壯漢，一個用整盆冷水從漢奸上方兜頭澆下，一個手執利刃，刃法乾淨俐落，在澆冷水的片刻，尖刀刺進去活生生地把漢奸的心臟剜了出來，鮮血直迸，叫聲淒厲但極短暫。

「冷水一倒，漢奸嚇一跳，血就湧進心臟，心臟特別肥大！」田鬍子向父親解釋。兩顆帶點生蹦活跳的血紅人心，用快刀剁成碎塊，旁邊的油鍋已燙得冒煙，生炒雜碎樣的把心塊傾入滾油裡去，唰！立刻蓋上大木蓋，過了幾秒吱吱劈啪的油炸聲，一會兒扛起大木鍋蓋，心塊碎肉全跳蹦在木蓋上面，螺絲樣的一顆顆圓粒狀的，扭縮成一大片在木蓋上。

「哈哈，入木爲安！」田鬍子摸一下黑鬍說。

廚子把跳附在木蓋上的心肌螺肉刮成二大盤，加些佐料，熱騰騰地遞過來，田鬍子斟滿老酒，滿口呵呵地請父親嘗嘗，一邊得意地介紹：「活炒，活炒……」

父親講到這裡，就喝一口酒，夾前面的菜。我在「五代史」裡讀過趙思綰活吃人肝的記載，在《澠水燕談》裡讀過王彥升用手抓住戎人的耳朵活吃，戎人血流滿面，彥升對著賓客談笑自若，田鬍子的「活炒」大概也可以不讓歷史專美於前，可惜這故事已聽了幾十遍，反應上已經麻木，我只是勸父親，把這些豺虎成性的故事寫下來，趁著胃潰瘍不痛的時候寫下來嘛！

有一次二哥回家來，二哥從讀書到就業，在家的時間不多，父親見他回來同桌吃飯，一高興，放下酒杯又講抗戰期間逃難，在浙江柏墊附近山裡，遇到一家「山中孟嘗君」的故事：

日軍包圍柏塾村，放火燒了我家的住屋，那時我家五人才剛逃到附近的山上，回頭看村子全著了火，回家無望，只有往深山裡一直竄去，那天晚上，住在一位郭姓村民的家裡。

郭家的莊宅很大，臨著山路，大門一直開著，我們進去時，裡面已經住了幾十個難民，同時還有一批游擊隊正在搬運彈械。主人見我們也是逃難的，招呼得十分客氣，引進一間臥室，鋪好稻稈，稍作安頓，就給我家開飯。

郭家是山中的富翁，免費接待旅人，已有幾百年歷史，無論你是盜賊，或是商旅，他一概不計身分，也不問投宿的久暫，只顧謙謹有禮地爲行旅們煮茶煮飯，清掃下榻之處，臨別時一定問你，需不需要帶些米糧？每人都送二三升米備用，因此這一帶連盜賊都敬畏郭家的義風，不搶從郭家住過出來的行客，郭家人告訴我們：

「在路上倘若遇到壞人，你就高聲地喊：我們是從郭家來的，包準不會有事！」

我家剛在郭家入睡，就聽見滿屋慌亂奔跑的步履聲，郭家人驚惶地掩上大門，並且通知大家趕快上後山避一避，原來日本兵的大隊人馬，正在門前通過，皮靴聲走得急促，大概是銜枚疾走，要前去包圍某一支國軍吧？所以對郭宅內有人在搬運彈械也不聞不問。

父親自然大吃一驚，趕快用棉被裹著妹妹，向後門逃，那時我才七歲，也緊跟著父親爬山路，摸黑上山，夜風很大，雜樹鉤人，好不容易摸到山頂，父親卻發現棉被裡是空的！襁褓中的妹妹，已經在半路漏脫掉了！父親只好回頭去找，滿山漆黑，氣氛肅殺，唯恐妹妹一哭，機鎗會掃上山來，烏黑中不能用眼睛找，只得用腳尖輕輕向四周掃踢著找，盲人瞎馬樣地踢呀踢，找到半山，居然踢到一團軟軟的東西，妹妹沒有被別人踏死，原來還在山溝裡酣睡呢！

父親講到這裡，按例會興高采烈，舉杯自飲，我一眼瞄二哥，他早已吃完了飯，雖正面對著父親，但下巴已扣進脖子裡，在椅子上打午盹起來了！故事聽了一百遍，眼皮自然重得像鉛塊，怎麼掀也掀不動，只好垂掛下來。也難怪，二哥學的是科學，對歷史往事最不感興趣，而學文學的我，雖有興趣，卻忙於自己的課業，總是勸父親記下來，記下來，自己內心也從沒把這些故事當作什麼正經事。

父親終於因胃潰瘍去世，飯桌上再也看不到父親舉杯自酌的豪情逸興，但隨著時光的流遠，以及我自身年歲的長大，父親說的故事，竟像一罈美酒，反覆回味，愈釀愈醇美了！孩子們每到晚餐，祖父的故事總成爲餐席上最美的甜點，這時候我也想把他一千零一夜的奇妙軼事，一一重述寫定，於是小心翼翼地從抽屜深處，審視每一張泛黃的有著父親字跡的紙片，加以黏貼整理，如同珍寶。父親的確也記了不少故事的片段，可惜他記得太簡略，幾乎都是我記熟的部分，許多故事我想再求詳細一點，卽使再想多問一個字，也沒指望了！

田翳子叫什麼名字？這個早經聽膩的故事，當時爲什麼不多問一聲呢？我在重述寫定時，才大大地發慌起來，我問二哥，他幾乎連田翳子也沒有印象了！又有誰能與父親有相同的經歷，可資參證呢？東打聽西打聽，幸有一位年近九十的阮伯伯告訴我，田翳子叫田岫山，問到這一個名字，就像挖到了一礦寶石，但父親在世時，天天話匣常開，我爲什麼不能及時多問問呢？人在礦山寶石間，俯拾皆是，總不會去珍惜的，連寶石也視同泥沙啊！

唉，如果時光可以倒流，我能再年輕一次，我一定會拋下自以爲了不起的學業課業，再多聽幾遍父親的故事，每一則都要揷嘴去問。不但可以提高父親話頭的興致。也可以有更爲完整的記憶，就以柏墊山中逃往屯溪的路上，步行了四百里，我一直希望能找到一張連村莊都齊備的地圖，找出當時一路逃竄的路線，將來有機會再循路去尋回我七歲時顚沛逃亡的足印，尤其那郭姓的「孟嘗君」，被中共當作「善霸」鬥爭掉了沒有？我能前去向他家說聲衷心的謝謝嗎？唉，那邊必然是荒山緜延，爲什麼不曾向父親問問淸楚，郭家離柏墊有多遠？還記得郭家村莊的地名嗎？群山疊嶂之中，有著情深恩重的人家，但荒山野路要怎樣走去謝恩呢？

民國79、10、16《中華日報》

黃山的大字

「黃山的紫雲峰入山處，崖上鑿了十個好大的字！」小說家大荒道：「可惜大字題署的人名，在文化大革命前，已經被挖掉，這大字是誰寫的，沒人知道了。好大好大的字，是立馬……立馬什麼？」

「呣，呣……」我兒時的記憶被觸動，就接口說：「是……什麼『望太平』吧？」

「對呀，立馬……立馬……望太平。」

「黃山前面是安徽省的太平縣，『望太平』三字是雙關語。哎，是誰寫的大字？我應該可以慢慢想起來。」我極力追索著記憶閾中殘剩的印象。

大荒最近回鄉去，曾經赴黃山一遊，詩人羊令野更是黃山附近的人，近年也回鄉一趟，苦於不良於行，沒能登賞黃山。駱建人教授籍貫也是安徽，知道我和大荒令野都是舊識，最近邀我們聚宴一堂，同席還有慶萱兄。我是浙江人，但在七歲至十歲之間的抗日戰爭時期，兩度逃難至皖南，和他們三位安徽同鄉在一塊，就自然聊起黃山來了。大荒有全新的安徽訊息，而我只有陳舊的兒時記憶，但在黃山題字這個話題上，時空交會，倒契合在一起了。

我雖然沒有登過黃山，但是我住過皖南的屯溪，只要站在屯溪鎮的橋上，就可以眺望天際有一個中間被切了一刀似的圓饅頭，掩映於暮雲之間，那就是黃山。黃山開晴的日子不多，山中天陰晦霧，天際的那座遠山就濛濛地半隱半匿，所以黃山是晴是雨，我們每天登橋一望便知道。

先父在民國三十三年夏季，曾結伴登黃山，在山中住了七天，他對黃山有特殊的好感，自遊山歸來一直到他去世，至少對我重複講了一百次：「不到黃山，不知天下山勢的奇與險！」所以大荒一談到黃山上刻的大字，我因爲聽父親講過這段軼事，就努力去追索那段記憶。

「當年蔣公在飛機上，用望遠鏡看黃山，覺得嵯峨奇偉，就指示成立黃山建設局，直隸中央，由許世英先生主其事。」我回想起父親告訴我的話：「旅行社聞風而來，蓋了第一座新型旅邸——黃山招待所。招待所旁邊就是紫雲寺。當時許多要員與鉅富都在附近搶購地皮，想蓋別墅，一塊塊還插著名牌呢！」

父親一講到黃山，眼睛裡有特別的亮光，記得他說：「紫雲寺裡有硃砂溫泉，水池的石砌明瑩潔淨，水中會晶晶發光，想捧著雙手去掬取，結果卻一無所得。坐在這清澈凝滑而溫度宜人的泉水裡，不但潤膚，更能安心，我和老朋友沈祖懋儘量享受，連續泡了十次澡，哈哈！」

「黃山著名的是天都峰，從紫雲嶺走去，需半天工夫，從登峰處上峰頂，約七華里，石級非常陡，旁邊有鐵鍊，拉著鐵鍊才能往上爬，但是下山時，下垂的鐵鍊派不上用場，峭直光溜，可怕極了。中間還有一塊凸凸的大青石，有五十步寬，像龜背殼一樣，雨濕石滑，一溜出去就不知粉身碎骨於何方！膽小的人，就用手足匍匐地爬……」父親講的都是黃山當年原始的勝景，我每聽一次，就會說「以後呢？」「眞奇啊！」替父親助助興，其實下面的勝景我早就會背誦了。

「蓮華峰的岩紋，直矗得像花瓣，石層的變化，非常奇特……還有閻王壁，有一里多長，傍著崖壁走，行人稀少，荒草礙路，落腳都困難，壁外是千尋深壑，下臨無地，幸好雨霧迷濛，看不清，還以爲是平野，不然，腳全軟了……」父親講到這裡，常常做兩膝彎低的姿勢。

「過石筍崗時，已近黃昏，常有虎豹猛獸出沒，同伴中雖然攜帶了武器，武器在夜晚不管用，還是很害怕，那夜趕到了獅子嶺的獅林禪寺，大家雨淋浹背，就圍著炭爐烤濕衣，並做聯句詩，我做的是……」父親瞇著眼頓了一頓。

「上天已盡崎嶇路，下界應聞屐杖聲！」我替他背了出來。

父親高興地繼續說：「獅峰寺旁邊有清涼臺，這裡看雲海日出，是天下第一景！不但海天一線，而且還有風行水上的波紋，有時甚至波濤洶湧，白浪濺花。而這清涼臺就像臨水的亭榭，雲水汩汩，恰滿在檻下。雲海之上，右方有一個山峰，上面有方桌與屏風，桌旁坐著兩個老人，正在舉壺酌酒，席上杯樽齊備，桌旁有一位女侍，面貌嬌秀，連鼻子嘴巴都宛然如見。有人告訴我：這是黃山的七十二奇境之一，叫做『丞相觀棋』，我說不對不對，一定是『仙人飲酒』，愛棋的人硬說是下棋，我愛酒，這明明是飲酒嘛，同遊的朋友同意我的說法，其中有帶釘鎚的，就在石壁上刻鑿『仙人飲酒』四個字……」

「石壁上刻字，要先寫好嗎？怎樣拓上去呢？」我對石壁上刻字感到有趣，就打斷父親的遊興，不然他會繼續接下去講；那奇妙的「始信峰」如何空靈，三峰五峰，如何在雲中生乍滅；繼續講「西海門」那邊的水晶宮，星羅一般瑩瑩的白水晶，生於石內，經過長年的駁鑿，還到處亮晶晶閃爍著；以及水濂洞的猿猴和廟裡的和尚如何有默契，施主贈饅頭，和尚一呼，猴子就會群集，布施三百個饅頭，就來三百隻猴子，每隻猴子取一個，然後作揖一樣表示謝意……每回聽得我如醉如癡！

「我們鑿的字，只是簡單的刻畫，不像龍門刻石樣考究。」父親說：「像前山崖上刻的大字，那很費事，據說還摔死過二個石匠呢！」

父親興奮的神情，至今記憶猶新。我在宴會席上終於想起父親一再複述過的十個字：「立馬……立馬……啊！立馬空東海，登高望太平！」

「對對對，是這十個字，署名的人還記得嗎？」大荒停下了筷子，眼光對著我說：「現在中共想把名勝一一恢復舊觀，不是嗎？以前陳立夫先生題字處，凡署名被挖掉的，現在想請他重寫一張補回去。而黃山上的大字刻石，如果能知道是誰寫的，他們也想補刻上去……」

「中共能悔改四十年來的胡搞，總是好的。處處挖空署名者，有多難看？我應該可以慢慢回憶起寫字刻石的人是誰。」我說。

我的記憶中，刻這十個大字的是一位將軍，父親曾告訴我：「抗戰時的將軍，後面跟著勤務兵，都備有『盒子炮』，而這位將軍喜歡寫字，走來走去，後面的勤務兵，一個拿著宣紙，一個拿著筆墨印泥，準備隨時大筆一揮……」

「眞有儒將之風！」駱教授滿欣賞地說。

「這六米見方的字，將近二丈大，不容易模刻，外來的石匠沒有山崖刻石的經驗，不幸摔死。」我轉述父親告訴我的話，並且竭力搜尋回憶中的一點一滴：「後來向採『石衣』的工人學吊崖採物的技巧，才完成刻石的工作。」

「『石衣』是一種生長在土石上的菌類，很像木耳，富有營養。」駱教授有經驗，作了補充。

「啊！我想起來了，寫大字的是三十一集團軍司令唐式遵！」我連帶想起了許多事：「那時候黃山屬於他的防區，他不但在崖壁上鑿大字，還在山崖對面建了個『立馬亭』，以便遊客在亭中欣賞這副巨大的聯語，也因此，別人就戲稱他為『太平將軍』……」

這席宴會，竟成了我們心靈的黃山之旅，先父生前一直希望要重遊一次黃山，重吃一次「石衣」，帶我們看看立馬亭還在不在？於今早成為夢幻泡影，不過他口頭常講黃山故事中的唐式遵司令，今天倒成為很好的文獻資料了。唐司令的簽署應該不難找到，大陸沒有，臺灣相信也可以尋獲，早些重刻回去，免得大家對著黃山上的大字，又像對著許多歷史古跡裡的石雕，頭被敲掉，只剩殘肢斷臂在風裡，千古悠悠地傾吐著許多野蠻的流寇故事。

民國77、12、7《聯合報》

附註：

①本文業經大荒先生剪寄黃山旅遊所，希望不久將來，唐式遵司令的名字能重刻在觀光者的眼前。

②有讀者吳頌堯先生，曾服務於屯溪三十二集團軍，謂唐司令所率軍之番號爲二十三集團軍，與先父所說稍異，附誌於此。

黃山的猴子

父親愛講故事，他的故事有的來自親身閱歷，有的來自友朋轉述，晚年無事，在茶餘飯後，隨著餐桌上的話題，隨觸隨感，故事乃「觸處皆是」。記得有一次在談松竹梅吧，由松樹就談到黃山的奇松，由獅峰寺往始信峰，有無數的奇松，有的松樹在地上爬著長，有的松樹在天然石橋旁，長枝通往彼岸，剛好成爲石橋的欄杆。講著松樹，又轉變話題爲松樹林裡成群的猴子。黃山深處有西海門、水晶宮、水濂洞。水濂洞眞是猴子的巢穴。

黃山水濂洞的池水極清冽，禿巖矮松，猿猴都隱身在這附近，當時廟裡的和尚告訴他：「施主如果願意布施饅頭給猴群，你布施幾個饅頭，就會引來幾隻猴子，數目一定相符，錯不了的！」

父親去登黃山，是在民國三十三年夏天，同行的有吳紹澍、沈祖懋等，當年的黃山還很原始，剛由許世英開始規劃建設，到山裡去，沒有交通工具，住在廟中，寺僧以所種的靑番茄招待，已經是最高級的佳餚了，每個人的酒瓶煙管，都得自己背負。所以要登上天都峰，陡立的石級，全靠用力攀援旁邊的鐵鍊才可以吊上去，下峰時石級峭直光滑，梯旁的鐵鍊不易發揮效用，一脫手就粉身碎骨，許多人上去了竟下不來了，那時人人都羨慕猿猴，恨不能身如猴子。

吳紹澍一聽寺僧說：「布施幾個饅頭，會喚來幾隻猴子，不多不少，恰如其數。」感到好奇，就隨口說：「好吧，我們布施兩百個饅頭！」

和尚稱謝收了錢，就趕製二百個饅頭，等到熱騰騰的饅頭端到寺前松林下擺好，寺廟就鳴鐘敲木魚，開始誦經，當時已下午四時左右，天雨陰黑，忽然召來獼猴無數，隱隱約約攀滿山野的松枝上。一隻形態極老的獼猴，行動有點不便，由許多小猴簇擁，走出松林來，老猴走在最前面，走到饅頭不遠處，並不猴急，就停了下來。

和尚介紹說：「那隻老猴子叫『介君』，小猴子都聽『介君』的話。」

一隻猴子走到饅頭堆附近，像是觀察饅頭的數量，饅頭全部平放，而且縱橫成列，那猴子繞了幾圈，走回去向「介君」報告，老猴子一聲長呼，松樹林裡就現身出數十百隻猴子，集合一處，然後每隻猴子來取一個饅頭，取得饅頭還向寺僧一一鞠躬作謝而去，一會工夫，二百個饅頭全部取光了。

和尚說：「相傳幾百年啦，已成習慣。」這荒山野松間秩序井然的一景，把父親與友朋們都看傻了。

父親的故事，常常引起我後來讀書時的興致，每讀到書中所載與故事可作印證，禁不住又拍書又拍桌子，開心地感到「所言不虛」呢！我讀清初康熙年間施閏章寫的《施愚山先生全集》就有「黃山有群猿驟至，二大猿鬚長而白，若老人狀，群猿環坐。」原來黃山上成群結隊的猴子，世代相傳，由來眞是幾百春秋了，老猴子還有長鬚，小猴子對猴曾猴祖向來守著倫理觀念的！又讀清人汪士鋐的黃山獅子嶺詩：「薄暮一聲磬，猿公來欵扉」（見《詩觀三集》卷三），果眞在清代已有猿公應聲而至的記載。獮猴常常成群出現，簇擁著老猴子，在《湘山野錄》中也讀到過宰相晏元獻去南方遊山寺，獮猴滿野地歡迎，而賢奕與程伯淳同去遊山寺，猴子一隻也沒看見，他不是做了一首諷刺詩罵猴子嗎？「聞說獮猴性頗靈，相車來便滿山迎，鞭羸到此何曾見，始覺毛蟲亦世情！」說猴子也勢利眼，官大的「相車」就列隊歡迎，官小的「鞭羸」（趕著瘦馬）就不見踪影了，我想可能是宰相到了廟裡，少不得「供僧布施」，才引來「毛蟲」成群嗎？

我又在《香案牘介》中讀到有人在山中種玉蜀黍，都被猴子攀折，後來他求得一本《避猴法》，見到猴群，就說「我已經報告『介君』，『介君』教你們不可採食！」結果猴子都「連臂投林而去」，不再採食農作物，原來老壽的猴子王眞的有叫作「介君」的。

又在《會稽縣志》裡讀到：天衣寺裡的法聰和尚，因爲無法防止猴群踐毀稼蔬，就想了一條妙計，合力捕捉住帶頭的老猴子「介君」，用厚厚的衣服，緊緊地裹住在老猴身上，然後用針線縫牢，讓牠抓也抓不掉，就放老猴子歸山。老猴子正在歡喜獲得釋放，快步奔回猴群去，那知道猴群遠遠望見「介君」全身花花綠綠變了樣，都嚇得拚命逃，猴群愈逃避牠，「介君」就愈急著去追趕，愈追趕猴群逃得更快，結果日行數十百里，把附近的猴子全趕到深山裡去，再不見前來踐毀園蔬的猴子了。

至於猴子會鞠躬作謝，也不乏印證處。《開元天寶遺事》中不是記載「報時猿」嗎？猴子受了感動，每到一個時辰，就有一隻猴子到清心亭下，向隱士高太素鞠躬，而啼叫一聲，叫做「報時猿」，猴子在唐朝就會鞠躬了。原來這些姑妄言之的故事，也都有姑妄言之的書記載著。近年來上黃山觀光的，據說已是飛機汽車狂奔呼嘯而去，恐怕只見松樹，還能見守秩序有禮貌的猴子嗎？清人程瑞祊所寫「黃山寂歷猿千隊」的景象，可能已成爲歷史陳蹟了吧？

談到黃山的猴子，父親又說：「猴子會釀酒，釀的酒特別香濃！」他形容說：猴子專找潔淨的石洞，把春夏間熟透的果子，桃子、李子、石榴、枇杷……採集到石洞裡，還加上特殊的鮮花香草，略加咀嚼，發酵成酒，石洞有草葉蔽蓋緊密，但依然異香撲鼻，這是天地間稀有的美味！我們聽得眼睛發光，就問父親有沒有親嘗過？父親笑著否認：「沒有沒有！嘗一口就一定會貪吃，貪吃光了酒，被猴子發覺，準會追來報仇呢！」

猴子會釀美酒的故事，我並不是第一次聽，以前東吳大學的系主任洪陸東先生、申丙先生都對我說起過，洪先生是浙東天臺雁蕩間的人物，浙東山區蜜橘蟠桃極盛產，所以「猴子酒」早傳爲山村間的天廚瓊漿。

後來我在《蓬櫳夜話》裡讀到一段記載：「黃山多猿猱，春夏採雜花果于石窪中，醞釀成酒，香氣溢發，聞數百步……」原來樵夫運氣好時，會在山徑中聞到飄來陣陣酒香，但當你深入山巖壁洞去偷飲，決不可以多吃，多吃了，石洞的酒痕便下降，猴子一看新舊酒痕下降，眞的會呼眾報復，書中不是寫著嗎？「眾猱伺得人，必嬲死之！」原來父親上黃山去，這黃山上眞有如此報仇的傳說。

怎樣去捉黃山上的猴子呢？幼年時代，還沒有什麼環保，愛護野生動物的觀念，這問題是孩子們最感興趣的。父親對此，也有「心得」，他說：「要捉猴子，獵人不喜歡用箭射，羅網對猴子也沒有用，獵人是利用樹幹的小洞，小洞口剛能伸進猴拳，洞內部則較大，貯放幾顆栗子，猴子探手到洞中，摸到了栗子，欣喜若狂，緊抓不放，結果手抓牢栗子，拳頭漲厚了數倍，就拔不出小洞口，像被鎖在樹幹上一樣，等到獵人來到，牠還是不逃，手抓栗子不放棄，獵人就是利用猴子『能取不能捨』的貪心，逮住牠的！」

當時覺得猴子太笨了，現在想想，人世間豈非一樣？多少人是貪戀財貨與美色，「能取不能捨」，結果身敗名裂，喪命毀家的！只是猴子所取小一些，幾顆心愛的栗子，斷送自由的一身，你才覺得好笑罷了。

父親所說活捉猴子的方法，不知是眞是假？有人實驗過沒有？但我後來在讀明代徐芳的《懸榻編》裡，果然又讀到了「猴終不肯釋果，遂獲猴」的記載。利用樹洞貯放栗子來抓猴子，正詳見本書的描述。父親不是廣泛閱讀的人，他說的故事，一定是從許多見多識廣的朋友處聽來，幾乎沒有一個故事是他信口編造的。

我不知道今天黃山上，是否仍有和尚？是否仍有猴群？好吧，卽使和尚無恙，猴群無恙，但矮矮的松樹林中，父親的踪影已杳不可見了。假如黃山上仍有寺廟的鐘聲，仍有猿猴的啼聲，仍有猴酒芬香四溢，哪一天我去了黃山上，單是想著父親說的故事，就夠我在白雲深處望呆我的眼神了。

民國81、2、5《中央日報》

樹皮草根親嘗記

楊良緒先生從大陸探親歸來，我問他老家中情形怎樣？他說：「我母親很早就餓死了！只剩妹妹。母親最後吃樹葉，吃了一陣就餓死。」

「你有沒有問問妹妹。樹葉怎樣吃法？」我問。

「夾著雜糧一起吃，樹葉吃光了，樹都死光，現在大陸上一排排青青整齊的樹，都是後來才種的。」

「光吃樹葉，樹還不會死光，一定是去剝那樹皮來吃，樹才會死！」我禁不住一陣難過的回憶，感慨著說：「常言道：『樹怕剝掉皮，人怕撕破臉。』樹皮只待剝斷一圈，養分的輸送就中斷，樹就會枯死。而且，我曾在饑荒的年代，嘗過樹皮的滋味，知道樹皮是怎樣吃的。」

「你見過饑民吃樹皮？」楊兄好奇地問。

「是呀，我在自由世界，看到不少漫畫，所畫的窮荒饑饉流民圖裡，饑民骨瘦如柴，兩手扒在樹幹上，用嘴直接去啃硬樹皮。看了就覺得無知可笑！也難怪，誰吃過樹皮？誰能想像樹皮如何吃法？扒在樹上就咬嚼，那裡咬得動？即使拼命啃，恐怕樹皮還沒吃到，嘴皮早磨得滿唇是血！」

我說著說著，就自然浸沈入回憶中去，而楊兄聽我說親身嘗過樹皮，也想知道他母親餓死前究竟是如何的景象，就催我講那段吃樹皮的經過。

說來也奇怪，這些事竟發生在「上有天堂，下有蘇杭」的蘇杭附近。我家嘉善縣，是眞正的江南魚米之鄉，在浙江省內號稱「金平湖，銀嘉善」，一向以富庶出名，可是到了民國三十八年中共佔領以後，許多意想不到的事發生了。

首先是各地瘋狂厲行節約，上海報載：一位身穿綢緞新衣的女子，被一群大學生圍住，罰她當街匍匐過馬路，結果不但兩肘皮破流血，新綢衣也磨了幾個大洞。

這條新聞只是一個樣板，仇視穿新衣的人，逼家中還有點積蓄的人，去購買政府「有去無回」的公債，先拿有錢人出出氣，點燃窮人眼光裡的怒火，這一連串「窮人翻身」的前奏曲，在各地大力推展，也在替「土改」的鬥爭清算做舖路的工作。

可是不久韓戰正熾，美國對大陸實施封鎖禁運，絲綢不能外銷，國人既不敢穿新的綢緞，視絲綢爲惹禍上身的東西，因此商人就停止收購。這一來，嘉善的南鄉西鄉，都是世代以桑蠶爲業，眼看全年的收成泡湯，絲綢變成一文不值的廢物，便卽時陷入了斷炊的狀態。起先販賣家裡的木質家具，嘉善的地攤上紅木家具，廉售價令人咋舌，接著便將百年古桑，都連根鋸斷，樹根也挖起來作柴火賣，成片成海的幽深桑林，砍伐成百里荒蕪之地，這是提倡節約穿舊衣時所始料不及的。

這種典當販賣家產的生活，維持了幾個月，到民國三十九年春末，罕見的洪水氾濫，淹沒了嘉善的南鄉東至平湖一帶，也許是自然界對樹木濫伐後的一次反撲懲罰吧？對居民而言，眞是雪上加霜，這一帶水道交橫，船隻滿湖，一時更擠滿了流離號饑的難民。我家俞匯附近，以種稻爲主，養蠶不多，且地勢稍高，受災不重，就成了鄰近縣城難民們環聚乞討的樂園。

「賣姑娘！賣小姑娘！」首先出現了不少專門販賣姑娘的船隻，特有的悽慘的叫賣聲。一條船裡坐了七八個姑娘，有十三四歲懵懵懂懂的，有十七八歲花樣年華的，也有二十幾歲已經是別人妻子的，坐在卸了篷的船艙裡四面張望，船上擺了臨時炊煮的用具，船尾有二個年長的男人搖著櫓，大聲叫賣。

「賣姑娘，賣小姑娘！」沿著河濱、橋頭，轉入每家的汲水洗衣處，叫賣著。

船停下來，引來了不少村人圍觀，村裡有替人家幫忙農作做長工的，年邁四十還沒錢成家的漢子，這下機會來了，姚家的長工阿小，就跳上船頭去挑來挑去，姑娘們只是望著他，臉上是緊張也還在惶恐，陰沈沈的。

「你挑哪個就哪個，給我們五斗米，讓船裡的人能吃幾天飯就行！」船上年長的舵手，話就多一點。

長工阿小終於挑中了一個看起來結實些的，船裡滿臉菜色的姑娘，一時嘰嘰喳喳鬧了起來。

「小紅，小紅。」船裡的姑娘喊著那被挑走的女孩，「我們幫你去看，究竟是哪一家？」

船裡的姑娘、船伕，一齊跳上岸，跟著阿小，趕去看阿小的那棟土磚房子，數一數是河濱底第幾棟房子？拐哪幾個彎？她們在手掌心上畫了又畫，努力去記住這棟陌生的房子，是小紅的落腳處了。

掌船的漢子肩頭扛了一袋米下船，船還在晃，漢子氣喘呼呼地安慰小紅說：「你就在這兒囉，我們都會記住你留在這個村這一家，以後總會再來接你回家的！」

小紅眼圈有點紅，和整船的姊妹淘揮揮手，小紅的家鄉離這兒總有幾十百里遠。

「賣姑娘，賣小姑娘！」船上的男人有力地再叫了二聲，船又開發了。

在嘉善城裡，那花崗石皮的街道旁，更是夾路站著兩排姑娘，有的累了蹲坐下來，有的面向牆壁，偶爾回頭望望。她們面前都有一紙告白舖在地上：「任憑善心人士帶回家，願意作妻作妾作牛馬！」

村子裡的長工有祺，還沒娶妻，估算家裡有餘糧，就去嘉善城裡。選了二個細皮白肉的姑娘回來，二個姑娘還讀過初中，那時候，女孩讀初中，是家境教養很好的人家。長工有祺卻一字不識，粗手粗腳，看中二個都長得標緻，難以取捨，算算白米還夠，就一併用船載回家來。

「好趣的姑娘！」村子裡轟動了，我也踴上前去看，村人管「漂亮」叫趣，牆頭屋角一時擠滿了看熱鬧的眼睛。

二個姑娘不大說話，就曉得埋頭吃飯，長工有祺沒有一點憐香惜玉的意思，在眾人環視底下，更粗聲粗氣地叫她們做這做那。

二個姑娘吃了幾天飽飯，面色也就愈來愈好看，胃口卻愈來愈大，依然整天不多講話，到了開飯就狼吞虎嚥，白米飯由二三碗增為四碗，吃飯成了她們生活中唯一的安慰與樂趣了。

不到一個月，有祺算算餘糧可能不夠吃啦，一聲「回去，回去」就趕她們走，她們二個也不哭，也不留戀，就是不笑不說話，說走就低頭走。可以想得到，她們回到嘉善城的石皮街道旁站好，面前仍會鋪著那張告白：「任憑善心人士……」

這時候，一波波的難民潮，從嘉善南鄉及平湖一帶湧來，三三五五，背著簡單的行囊，從船裡一上岸，逐戶乞討。村子裡的人由於農忙，就緊閉大門，留小孩在家，但家家戶戶用一隻竹籃，鉤掛在門廊的屋簷下，裡面放了用米糠麩皮及篩下的碎米所做成的粽色雜糕，蒸煮後切成硬硬的碎塊，每家裝盛了半籃，難民一來，允許自由探身去拿，籃子裡被拿空，小孩們就負責再添加，家家都在不斷供應著。

難民一波一波，眞是漫江遍野，遇到天陰雨濕，難民都想擠在民宅屋簷下過夜，村裡人的規矩，視家宅的門檻爲神聖不可瀆犯的，不許別人站，不許別人坐，而難民們擠在門廊屋棚內過夜，總要動到門檻，且一旦淪爲難民，也無所謂自尊心，常常別無安慰，天剛黑就在門檻旁做愛，鄉下人認爲看到別人做愛最觸霉頭，就十分厭恨難民在家門口借宿，總是兇巴巴地趕他們走。

一個天陰的黃昏，不少難民被東家趕、西家趕，都趕集到我家屋簷下來了。母親爲難民們煮熱水，鋪稻草，盡力招呼他們，因爲母親在抗戰年間也往異鄉逃過難，借人家的竹竿曬衣服，借人家的爐灶煑點飯，住宿過的陌生人家不知有多少次，所以對難民很同情。

「你們的米糕很好吃，」一位難民說：「我們家鄉有人吃觀音土，那瓷土吃了就不拉，吃不到五六天就肚皮綁硬，死了。」

「爲什麼不跟你們一起出來跑跑呢？」母親問。

「有人跑不動，連餓了兩天，哪也去不了。」難民說：「我們起先吃樹葉雜糧，接著吃樹皮草根，幸好離家快走，總算活著逃荒出來。」

「不向人民政府報告？」母親有點故意地問。

「嘿，幹部只會說，餓餓不要緊，我們渡長江打仗的那幾天，餓荒了，連皮帶都吃。」難民說：「吃皮帶的時候，把皮帶頭抓在手上，讓大半條皮帶撐住了胃，餓過以後，就從胃裡抽出皮帶來，在長江裡洗一洗，下回餓了再呑那條皮帶，好像有樹皮草根吃還不錯呢！」

「樹皮草根怎樣吃法子？」母親非常同情。

「哪！看這一罐！」難民打開他隨身帶著的餅乾筒，裡面像褐色的粉末一樣，並且說：「樹皮的外層刮掉後，把中間嫩的一層剝下來，晾一晾乾，再磨成粉，草根也是晾乾剁碎，混在一起，然後烤一烤，吃的時候用熱水一沖，還以爲是在吃烤米粉。」

「你還帶著它做什麼？」

「很辛苦才做成的，捨不得丟掉，萬一還有需要……」

「給我一點嘗嘗看，」母親突發奇想，大概是百年難得一見的食品。

「其實不能多吃，」難民已經像個熟朋友，倒了一大匙在母親手上，很有經驗地說：「吃多了，根本不會大便，腸子發硬，肚子上青筋暴露，最多撐二三個禮拜，就會死。」

母親把那樹皮屑泡了點水，把幾個孩子喊過來，每人嘗一口，並且告誡我們道：「煮了乾飯偏要吃稀飯，煮了麵食又要吃乾飯，嘗嘗樹皮，看誰再敢刁嘴！」

我嘗了一口，「哎，呸！」簡直是吃木屑！樹皮雖只刮中間「韌皮部」磨粉來吃，仍像烤焦的嫩木屑，大陸上有許多用木屑做的蚊香，粗得像一根猪腸，點燃以後，刺鼻的木屑味，和這很相像。

難民還是一波一波，遍野哀鴻，我印象最深的是一位難民說的：「餓死時四肢痙攣抽搐一天一夜，是死裡面最苦的一種啊！」難民問題還沒解決，但是民國三十九年夏秋以後，土改開始，恐怖的氣氛使人人自顧不暇，而我不久就逃離了家鄉，幸運地來到臺灣。現在，每逢要孩子們吃點肥肉，孩子們就像遇到毒蛇一樣，驚詫排斥，就禁不住想起這些沿門挨戶乞討的難民臉孔，和任憑陌生人帶回家的姑娘神色來。

楊兄聽罷我的敍述，歔欷良久，在臺灣島上，「餓死」是多麼陌生的事呀！兩人都有同樣的感觸：「三十年前，我們看外國電影裡的古裝國王，斜躺在籐椅上，隨手從水果盤中拔大顆紫葡萄來吃，隨手檢紅蘋果來咬，覺得牙齦流水，好羨慕。但一轉眼，今天大陸同胞看我們臺灣的生活，人人都就是外國電影裡的國王呀！」

民國77、12、31《中央日報》

千里暮雲心更烈

影響我最深的人，當然是我的父親。記得我在臺北市龍安國民小學後側買了一戶住宅，得意地告訴朋友們說：

「住在學校後門，孩子每天至少可以多睡一個小時，家長也不必很早起床準備孩子的飯盒，有時在中午去學校後門，塞一個新鮮的熱便當給孩子，味道更香美！」

我數著住在學校後門的好處時，忽然想起自己的幼年時代。在上海進小學校門時，父親與母親曾倚在公寓的陽臺上，笑咪咪地看我進校門，我每次回頭向陽臺揮手，然後滿懷信心地跨入校門，這才發現，是這種甜美的印象牽引著我，在小學後門購屋，這分智慧，原來是屬於父親的。

有一次家兄永文回來省視父親，發現父親右腳背正中央，有一個黑癍，是長年未曾痊癒的牛皮癬，永文驚呼道：「牛皮癬也會遺傳的嗎？」原來家兄右腳背上，不偏不倚，一樣的位置也長了個數年治不好的黑癍。遺傳不只是形容狀貌、言笑動作的類似而已，疾病的基因也往往同一命運。醫學知識告訴我們，即使是長壽短命，最大的影響力，竟也來自遺傳方面。

為此，我細心地回憶父親的平生往事及其脾氣血性，禁不住會自己拍案叫絕，原來他的性向抉擇，以及為人處事的優點缺點，都繼續活躍在我身上。

父親的往事太多太亂，我只舉他平生三次大難，時空上雖經歷了北伐、抗戰到反共的漫長歲月，但父親從每次災難中所啓示的對人生的看法，這些反應與態度，都累聚匯合，無不一一塑造了我的性向志趣。

第一次災難

父親出山很早，二十四歲加入國民黨，就見到中山先生，那時是民國十二年二月。十五年父親即出任上海特別市黨部代祕書長，指揮五卅慘案週年的群眾運動，二十七歲的他，可以想見意氣飛揚的樣子。

父親在上海法租界上活動，租界外軍閥勢力環伺著。廣州派何成濬、錢剛到上海，指示父親在上海考選一百名黃埔軍校四期的入伍生，經父親的擘畫，將一百名學生密遣廣州，均免複試入學，但這事爲軍閥孫傳芳所探悉，在軍閥的《新申報》上第一版頭條標題赫然有父親的名字：

「黃麟書擾滬密謀……」

一位張姓女同志，正拿《新申報》來家中，與父親讀著這條曝光的消息，幾個便衣的殺手，已經潛入住宅，用手槍瞄準了父親。

父親與女同志被綁架上汽車，向租界外老西門疾駛，如果一出租界，父親的頭就會被砍下來，用一個籠子裝著，高掛在電線桿上，與許多革命黨人陰森而未曾瞑目的頭顱一樣，鮮血淋完，風乾縮小，在老西門外的馬路電桿上懸成一長列。

綁架車還剩幾十步路就要駛出租界了，恰巧遇到紅燈停下來，近在咫尺有一個印度阿三巡捕，頭纏黃布，黑髭滿腮，在指揮交通。父親不顧腋下緊緊頂著的槍管，大聲叫救命，便衣不曾敢開槍，車子就被印度巡捕攔下，送由一位法籍的總巡審理，父親自稱是日本同文書院的學生，正在男女約會，遭遇綁架。

法國總巡以電話向同文書院查詢了一番，又見父親態度從容，不知是日語法語有隔閡，還是法國人向來同情革命黨，就笑著揮手要釋放，總巡以上海話道：

「開房間嘛！男女開房間的事，法國人不管的！」

這時孫傳芳正緊急補送引渡的公文到租界來，法國總巡睬也不睬，只顧說「男女開房間嘛！」一笑置之。

父親被釋放後，才知道廣州派來的錢剛，也遭便衣綁架，錢剛的妻子奮勇奪過槍來，連扣幾下扳機，子彈不響，她不懂打開保險門，槍又被便衣奪回去，錢妻就挨槍倒地，而錢剛的頭顱不久就被掛在大西門旁的電桿上了。

父親做這種拋頭顱灑熱血的事，向來意態從容，他應該是很好的革命家。但在北伐大業成功之時，他卻忽然抽身而退，在家鄉俞匯小鎮開一爿小米店。那時市黨部裡的活躍人物如邵力子、毛澤東、葉楚傖等，個個權勢顯赫，當時由父親介紹入黨而後來成爲中央委員的也有好幾位，憑他的際遇與條件，眞可以騎月吞江，大展鵬程，但是父親卻以領到一張「七年革命勳蹟證書」爲滿足，能做到「一展雄才便卷藏」，甘心做起小生意來。

他一直諄諄告誡我們：

「絕不要做官，政治這渾水，蹚不得的！」

父親十二歲喪母，十四歲又喪父，憑他自學進修，做過中小學教員。受到國父感召，才爲黨效命。一直抱著「主義不行，黨員之恥」的心情來報答中山先生。北伐勝利後，遲遲沒見到土地改革命令的頒布，他就決心返鄉隱居。

父親眞是個理想主義者，他談起心目中最理想的工作，就是做學者，做名教授，而最看不起做官。他認爲官場那種爲昇遷而打椿佈線，爲了迎合而口是心非，心勞日拙，有品格的人斷難忍受。他認爲世界上最大的快樂，就是直起腰幹不求人！這種「與世無求便是仙」的境界，恐怕只有名教授可以做到。父親說：「一位學者『恥爲苟同』時，可以像『獅子獨行，不求伴侶』……」父親言談形容下的願望，就自然變成我企求踐履的志業。但是他那種獻身革命的熱情，仍在我血脈中賁張流激，成爲不息的潮汐，有人說：「藝術家多少要帶些革命的熱情」，果眞如此，我眞要感謝這分傳承了。

第二次災難

父親自北伐以後，很珍惜「黃麟書」的本名，等到抗戰爆發，父親痛恨日本，痛恨「非我族類」，毅然挺身抗戰，他在淪陷區中，出生入死，都用「黃思銘」「梁晉高」的化名，與敵人周旋。

民國三十年夏天，父親從金澤北祝村脫圍而出，坐一條船轉往西塘，沿路見村民男女奔逃，知道日軍正在各村搜殺，父親一到西塘，原來日軍海軍少將長谷川定正坐鎮在西塘，凡是行旅船舶，一一被扣押。

父親被押到四層樓的瞭望臺上，日軍拿一柄雪亮的長刀，在父親脖子前面來回抽晃，並且威脅道：

「蘇拉蘇拉，怕不怕？」蘇拉是日本話「殺」的意思。

「不怕。」父親回答得非常鎮靜。

狡黠的日軍在父親回答的時分，立刻探手到父親胸口，試測脈搏心跳，發現緩急如平常，就勃然大怒道：

「眞的是支那兵！」

「我不是支那兵。」父親笑笑。那時他瞥見窗外亮麗的晴空，晴空下是廣闊的湖面，綠波萬頃，粼粼生光，湖濱草色油綠，輕波正拍著草岸。想到自己將埋骨在如此大好的江山裡，竟一無餘恨。

「那麼你爲什麼不怕蘇拉？」日兵眼裡冒出兇焰。

「東洋兵開我玩笑嘛！現在肚子餓啦，一起吃飯去吧，我請客！」父親裝成一個憨厚的傻瓜。

「無知的豬！」日軍罵了一句粗話，就放下刀來，筆訊職業身世，訊畢便對父親說：

「下午四點鐘，長谷將軍要離開，離開前你要找到一個保人，四點前沒人保釋你，就殺掉！」

父親一看錶，只剩十五分鐘了，請求日軍給紙筆寫便條，日兵拿起一枝禿了的鉛筆，用佩刀慢慢地削著，父親急了，就要求代削，鉛筆剛露出一段黑心，就執筆疾書，日軍見他寫得毫不遲疑，就派信差送出去求保。

父親寫的受信者，是一位已死去的朋友，自己則署偽名「表兄潘松齡」，死者的哥哥收到信，大惑不解，但死者的弟弟在旁一讀信，就忽然開悟道：「一定是黃某人！唯恐連累我們呀！」哥哥一聽是抗敵會的黃某人，嚇得兩手發抖，這位弟弟倒很機警沈著，隨著信差來瞭望臺作保，在途中就向信差行賄，並探聽到父親筆訊時供述的種種，以致日軍向保人隔離盤問時，假冒的職業身分，多相吻合，日軍見他是當地富商，就將父親釋放。

父親的臨危鎮定與心思細密，未必遺傳給了我，倒是他「為善不欲人知」的吃虧性格，可能讓我學像了他。抗戰時殺頭的危險任務，都由父親來擔當，抗戰勝利後，千千萬萬人都分發到一枚紀念性的「抗戰勳章」，單獨赴湯蹈火的父親，偏偏不曾分到。我現在想著這種

「李廣無封」的悲劇，不只是命運攸關，實在也是個性使然。就像我自已努力教書，認眞研究，雖然著作等身，從不曾在求奬助、謀出路上，費過一絲心思。因爲在性格上，對自我的表白及關係的運用，終是鄙夷不屑。老想著「罷卻折腰從骨傲，別無繫肘覺身輕」的境界，在這個講究包裝推銷的時代裡，孤高的父親，血汗都只有白流了。

有一次我問父親，爲什麼白刄臨頭的時候，還能如此鎭靜？父親說：

「因爲在上一年裡，我將自曾祖父以下，到先父先母奉厝在田埂旁的棺木，都一一安葬入墓穴，我一直在擔心有一天突然死掉，沒人能淸楚地辦妥這些事。現在先人都奉安，心裡泰然，當時望著窗外的湖光草色，隨時都不在乎死了。」

我那時很年輕，無法體會父親的話，爲什麼替祖先造塋域下葬，也算是人生的大事？先人奉厝在田野，後輩就不能入土，這種世代累積的債務，懸而未決，竟成爲父親心頭最重的負擔？而先人旣已安葬，居然面臨死亡的威脅也能安之若素？直到八年前父親去世以後，替父親造了墓，又爲了紀念父親虔誠信佛，編了部一百多册的《敦煌寶藏》來紀念他，然而那分終生仰慕父母的情思，瀰天漫海，日益高漲，最近我又擺脫了俗務，想將父親的往事，一一寫成文字，以安慰這分濃稠的思念。這才體會到「愼終追遠」在個人生命中的巨大意義。儘管父親在臺灣早是個名不見經傳的小角色，但在我心中卻是如此唯一的崇高。

第三次災難

抗戰勝利後，父親在上海社會局裡擔任專員的小差事，他把精神都放在孩子的學業及佛教的信仰上。他最關心的土地改革命令依然遲遲無法頒布，心裡明白，江山是守不住了。那時戰事日亟，他想約朋友一齊逃來臺灣，沒有約成，一位老友吳壽彭卻告訴他說：「你想在人海中藏身，那末六百萬人口的臺灣省，遠不如六百萬人口的上海市呀！」這句話害慘了我們全家，父親眼看一大群幼弱的孩子，不免猶豫畏縮起來，共黨佔領以後，他躲到農村裡去，只希望簑衣笠帽，躲過這場浩刼。

到民國三十九年夏天，中共的「土改」開始了，一個積極與共黨為伍的佃農，在阡陌間，忽然對我舅父說：

「這幾天中共幹部在問起你姐夫呢，要小心點呀！」

佃農走了幾十步路，又急忙轉身從田埂上跑回來，再對舅父說：

「最近十天裡不會有事，你姐夫不必急的！」

舅父就趕快回來告訴父親，父親判斷是這位積極分子洩露了幹部的消息，一出口又反悔，才出爾反爾，情況可能很急迫了，立即登上小船，向北折西，再轉而向南，在湖濱繞了幾圈，轉道村鎮，而後搭火車赴上海去了。父親走時，什麼也沒來得及拿，眞沒想到，這倉皇匆遽的一別，便是與母親、與故國江山，再沒見面的機會了。

就在當天深夜，幾十個共軍，把我家團團圍住，然後笑咪咪地作訪問式的「查戶口」，母親和共幹聊了一會天，還有說有笑，幹部始終沒見父親出來，就很有禮貌地請求：

「黃先生呢？出來見見面嘛！」

母親說明父親剛到上海去了，想採買點薄荷種子，參加生產。幹部說：

「不可能！上午還見到他，而且每班輪船都有檢查，他怎麼去上海？還是請黃先生出來吧。」

「眞的去上海了。」母親說得倒輕鬆。

幹部猛地掏出手槍，臉色大變，在桌面上把槍用力一拍，發狠道：

「叫他自動出來，不然就難看！」

幹部一吼，十幾個兵都把刺刀揷上槍頭，衝進左右房間裡，床底下，櫃頭頂，一陣亂捅，見父親的眼鏡、煙嘴，均在床几間，不信父親已離開，幹部打開後門，門外兩個守候的共軍正舉槍向裡面瞄著，沒看到有人從後門逃，一定是躲上了屋頂，幾個共軍打著電筒爬上屋頂去。

幾十個共軍，裡裡外外，翻箱倒櫃仔細地搜尋，抓不到人，領頭的幹部立即拉下一張溫和含笑的臉，恢復初進門時的客氣神色，向母親賠禮道：

「眞對不起呀！黃太太，其實我們只是查查戶口，沒有事呀！黃先生既然去了上海，就請通知他十天內回家，十天內不回來，那就是在外面做壞事囉？」

父親到了上海，一位老朋友對父親說：

「我剛從北京回來，遇到了你的同鄉舊友，像吳紹澍、陳雲……他們正打聽你的近況，知道你隱居鄉下，都說：鄉下住不得的，叫你趕快去北京！」

「呸！北京是口棺材，我會爬進去嗎？」父親滿臉厭惡地吐了一口痰說。

「既然這樣，你就趕快去香港！」那位老朋友倒也很開通。

中共對香港，是在民國四十年一月十日才關閉出境的，那時父親混在小販群裡，逃到了香港，來了臺灣，後來我也逃亡來臺，與父親相會。一切大陸上的苦難，全由母親承擔，我們聯絡母親逃亡時，不幸香港之門已經閉上了。

初來臺灣，有一段不算短的日子，簡直衣食無著，流離痛苦，但是父親每吃一餐飯，飯桌上總談著家鄉，談著母親。當二哥獲得公費赴美留學，在公費中撙節出一些美金，寄回來補助家用，父親又把它硬省下來，寄給大陸上的母親。父親常說：一生沒有絲毫成就，就以孩子的成就爲滿足了。父親在臺三十年，每天爲大陸的母親持咒唸佛，祈求平安，這種伉儷情濃，數十年如一日的堅貞不渝，在這滄桑亂世中，更顯得難能可貴。我能有「以家爲重」的觀念，對事業權位，付諸一笑，並對夫妻情誼的珍惜執著，都是受了父親的影響。

同時，父親所說「北京是口棺材」的形容詞，把反共的意志與信心，傳承給了我。使我現在面對北京屢次寄來的會議邀請書，以及北京報端刊出歡迎我的文章，只要一想起「北京是口棺材」的名言，就立刻索然無趣！想著父親那種「千里暮雲心更烈，肯爲長鋏倩人憐」的孤高格調，做他的兒子，如何能癱塌成一堆軟骨頭？母親也早在文革時去世，葬在亂墳崗上，我深信：母親寧可看到我高舉反共聖戰的大纛，終身飄零在海上，子子孫孫，戮力反共，也不屑看見我在三通政策下，躡手躡足、窩窩囊囊地返鄉掃墓，還在私自慶幸的！

父親，我私心中長駐守著的巨人，他在歷次苦難中表現出來的氣度節操，都成爲傳留給我最佳的禮物了。

民國78、2、14《中華日報》

母親在亂墳崗

一位入了美國籍的鄉親，最近回到大陸的家鄉去，攝了不少我幼年熟悉的風景照，連我家舊舍瓦上的枯草，也照得很清晰，鄉親指著一張照片說，這就是遺留在大陸上我的妹妹。妹妹的臉蛋輪廓，還有一些像從前，鄉親又遞來一張我姊夫的照片，我停住了閱覽，迫不及待地問道：

「我母親的墓地你去了嗎？我一再拜託過你的！」

「我想還是免去了！」鄉親若無其事的回答，又遞給我一張小鎮茶館的照片要我看，嘴裡繼續回答我的問題：「聽說葬在亂墳崗裡，我來去匆匆，沒空找哦！」

鄉親說得稀鬆平常，我卻血往上湧，天啊！眼前一片荒煙蔓草，無邊無際。鄉親又遞過來一張家鄉菱湖的照片，指著說：「你看，你看，湖裡填倒了土，什麼『與水爭地』，結果雜草叢生……」我實在聽不清他還講了些什麼，只覺兩眼悲酸，鬼火像螢一般地擾亂，荒草間牛糞陪著枯骨，母親啊母親，你就葬在亂墳崗裡？

記得大陸淪陷一年後，「土改」開始，早是一片血雨腥風，我與二哥計畫逃離大陸，那時我才十三歲，二哥十六歲，兩個孩子臨到上火車往上海，卻沒有看見母親來送行，當日寒風凜冽，車站只見枯樹槎枒，大雪將飛，是妹妹趕來車站，拿了二條剛縫好的厚棉褲，妹妹說：「母親趕了一晚的夜工，今天沒法送你們了！」我那時很傻，只管趕緊添加新裝，壓根也沒去想：母親縫製棉褲時，一定是哭了整個晚上，兩眼紅腫，沒法出門了！

這二條棉褲，非常厚重，當二兄弟輾轉到香港後，天氣轉暖，就沒有機會再穿，依然全新的針線，帶來了臺灣。早半年逃來臺灣的父親把它視爲貼心的寶貝，臺灣的冬天，原本用不著厚棉褲，可是父親晚年常喊冷，一到冬天，父親早早地就穿起這老式笨拙的棉褲，穿了三十年，直到他去世。

父親在世時，每吃一頓飯，都會帶我們神遊大陸一次，談著重整家園的癡話；可憐的母親，常是我們飯桌上的話題。然而我最後一次見到母親是怎樣的音容笑貌呢？實在想不起來，模糊的記憶，也像一堆亂墳崗，只記得母親低沈的聲音：「你們只要能逃到香港，即使做乞丐，我都會高興！」後來我們兄弟逃抵香港，暫住在一家熱水瓶工廠裡，不久就來了臺灣。可是母親最後獲知我們的消息，是兩兄弟平安地做了工人。

「母親臨終的時候，還以二兄弟能逃到香港爲最大的安慰。」這是鄉親轉述家鄉人的話。

「爲了拷問你們兄弟的下落，你姊夫的手指被敲斷了一節。」鄉親又撿出我姊夫的照片，這次我才認眞地審視那張老臉，枯乾得像一張黃酸菜葉，姊夫已經這樣蒼老了嗎？

「你母親要是知道你兄弟二人都得了博士，一定在地下也笑出聲音來！」鄉親用力拍著我的肩膀，又說：「你姊夫爲你們的奮鬥感到驕傲，你看照片上，他特別伸出那根被敲斷的手指，還說『値得！値得！』」

母親直到臨終，還以爲我們在工廠當工人？她會想到這二個孩子到了自由世界，已完成博士學位嗎？天啊！母親果眞爲我們能當工人就含笑瞑目嗎？記得有一次，家鄉來了二位瞎子算命的，各拿著一把三絃二胡之類，母親喊住了他們，請爲我們兄弟算命，我們兄弟就躲在門背後偸聽。

走江湖的瞎子對生辰八字，有特殊的口訣，算得極快，一位「綳綳」彈了幾聲，就說我二哥命好，有格局。另一位算得慢些，一會兒也「綳綳」彈了二聲，卻連聲說我的運比二哥好，名聲大。二位瞎子坐在屋簷很低的古老門廊前，竟擡起槓來，鄰居婦女圍過來湊興，更增加了母親的樂趣。母親捨不得插嘴，聽算命的在爭這個好那個好，都是在稱讚她的兒子。二個孩子未來的命運遠景，竟使她兩眼閃爍晶光，樂得笑口呵呵。那時候我們那裡懂得，母親是把我們的未來作爲她自己生命的意義。

二位瞎子爭論終結站起身來，忽然聲聲長歎，異口同聲說：「菜籽掉在瘦地上，在這個村子裡，即使有這樣的八字，管什麼用？」

母親聽了不但沒生氣，還加倍送了算命錢。母親識字不多，瞎子的話必然對她有影響力，一定是從那時候起，她忘了自身的禍福，已決定讓二個孩子去向命運一搏，冒險逃亡到天涯。

「你母親後來生活非常苦，到了紅衞兵時期，拔她頭髮，敲打手指，成天逼問你們兄弟的下落，最後是死於肝病的。」鄉親把聽來的話作了轉述：「那時候，你妹妹下放，姊夫坐牢，你母親死後，就只有往亂墳崗上一埋！」

我把鄉親的照片猛地推開，淚水早奪眶而出，無法再看什麼故鄉江南的景物，就算草長鶯飛，也都變成幽壙的白骨；就算杏花春雨，也都化作成串的眼淚。只有低頭默禱：母親啊！只要妳一天仍葬在亂墳崗上，妳孩子原本就已細微的成就，便顯得黯然無光！只要妳一天仍葬在亂墳崗上，妳孩子儘管遠走他鄉，天天會抱著銜石塡海的悲慟，天天不會忘記重整家園的誓言。父親死了有我們，我們又有我們的孩子，任憑時光再悠久，隨時我們會千度萬度地提醒，總有一天，我們會撥開荒藤蔓草，去尋回妳的枯骨！

民國76、5、9《中華日報》

難忘的農曆年

來到臺灣後，已經過了四十個除夕，早期雖然苦一點，近年來早已經是要肉是肉，要雞是雞，要什麼有什麼，但是在記憶之中，這四十個新年似乎平淡得很，過了就忘，連一點印象也沒有，而在大陸農村裡，我過了一次村氣十足的中國農曆年，卻至今印象鮮活。

中共剛占領大陸那一年，好像自由得很，我家從上海回到浙江的農村去，魚米之鄉是富庶的，離開除夕還有十天，舅父家中已雇屠夫來殺了一頭自養的豬，豬肚豬腸先零星地吃，土竈的鐵鍋很大，小孩都煮得下似的，半鍋菜籽油，整塊整塊的豬肉做「走油肉」，塗上麥芽糖，把豬皮炸得起蜂巢狀的皺紋，一缸一缽地朝天擺著。有的肉掛在土竈走煙的竈頂，薰成水晶半熟的透明紅白色，另外紅燒白燉，一條豬切碎後，肉那麼多，擺得廚房滿滿的缸缽，舅媽又把養的雞殺了十隻，也不知會來多少客人？

家裡推著石磨在磨米粉，白白的粉撒落在一個大篷中，正和門外紛飛的白雪一樣，一籠籠豬油豆沙米糕，點上桂花，蓋上紅印，疊得好高。母親還濕著一雙凍手，在大水缸裡用麥麩在汰麵筋，新鮮麵筋包了肉炸。那軟軟的韌性，教人垂涎，我家究竟要吃多少東西？

我在想，一定是這先期預設的熱鬧想像，漸漸築起了一種氛圍，這氛圍經過半個月的醞釀，到了除夕夜，才到達了高潮。這個年所以讓我印象如此深刻，就是長期經營的氛圍所形成，提昇了精神快慰的意義。現代人到超級市場轉一圈，推了二車魚肉雞鴨、糖果糕餅，三十分鐘就備齊了吃的用的，從冰涼的冷凍櫃邊走出市場，那裡能營造出「年」的氣氛呢？

當大人們忙著做菜做糕的時刻，小孩們忙著在銅製的圓腳爐裡煨野茭白吃，茭白筍本來是以白色的為佳，偶爾中間有幾點黑斑，但是野茭白卻以黑點居多者為上品，在屋簷下曬乾後，縮成一條條鞭炮大小的，把它插進腳爐的灰燼中，蓋好銅爐蓋，看爐蓋上許多六角形的孔裡有點冒煙時，野茭白會「叭」的一聲爆裂，趕快取出火燙的野茭白塞進嘴裡，嘴裡燙得呼氣，也呼出黑煙來，這烤裂的筍咬碎後，滿嘴黑漿粉溢出唇外，而陣陣襲人的黑色野香，真是天下的珍味。

冬天要吃魚也不難，用兩個竹畚箕樣鉗狀的夾子，連著兩根長竹竿，到河底「捻河泥」，河泥是農夫們的肥料，在捻河泥時常常夾起來鑽在河泥裡冬眠的魚。這種魚在頭頂上常有北斗七星樣的花紋，鄉下人叫「七星魚」，過年時家家桌上都會有幾條的。

我們小孩在冬天抓魚，就用四張瓦片，兩兩相對圍成扁圓的瓦筒，兩側劈一根毛竹，去掉節膜，夾住兩片瓦的邊緣，再用繩綁牢，筒底塞緊稻草，用一根長繩子牽住，丟到河中去，每天都會有魚鑽進去冬眠，清晨一拉瓦筒，覺得有魚尾撥水的振動，魚頭鑽在瓦筒裡游不出來了！吃魚根本不必花錢，所以家家是年年有「魚」，乃至日日有魚的。

由於這一年是「上海保衛戰」剛過，全家慶幸平安，回鄉下和舅父母在一起過年，人多興致高，父母親顯得特別高興，食品眞是豐富。當「上海保衛戰」時，父親把上海郊區的房子頂讓掉，搬到市中心旅館去住，等待戰事過去才返農村去，曾住過蘇州飯店、國際飯店，最後住在神州飯店。舅媽曾來看我們幾次，鄉下佬進城找飯店很費時，沒想到一個大字不識的舅媽，在除夕夜卻一鳴驚人，講笑話說：「上海飯店的名稱眞奇怪，和女人坐在木頭馬桶上撒尿的聲音一樣，先是急急忙忙的『蘇州蘇州』，後來是聲音低沈的『神州神州』，最後完了收場是『國——際，國——際』。」眞是神來之筆，沒人不捧腹大笑，爲之噴飯！

過完年，大家都患了厭食症，聞到豬肉就叫「豬臭！」妹妹聞到哪個菜裡有點雞腥，就像有毒一般地叫：「有雞！」

四十年過去了，母親與舅父母都在大陸過世，父親在臺灣下世也已經十年，聽幾度返鄉的鄉親說：河塘都亂塡了土，魚蝦少了，連野茭白筍也不多見，過年時誰家還能雇工殺豬？妹妹們經歷了極其艱苦的四十年歲月，哪能聞到雞味就掩鼻？「物是人非」已教人受不了，何況是「人物全非」呢？飄零海上的我，至今還留存著這美好的農曆新年印象，桂花年糕的糯，野茭白的香，還有母親汰麵筋的韌，啊，我怕返鄉，一返鄉美夢全碎，姑且讓這美好的印象能拖多久就拖多久吧！

民國80、2、11《聯合報》

記臺籍國軍

滯留在大陸的「臺籍國軍」，最近成了熱門的話題。中間睽隔沈寂了四十年，今天將開放返鄉探親，這消息也勾引起我久遠的記憶。在上海淪陷後，一群「臺籍國軍」死守在上海農民銀行的高樓頂上，不肯放下武器，達二週之久。這段兒時的回憶，重又活現到眼前來了。

五月裡，一個敲鑼打鼓、燃放鞭炮的早晨，街上行人很嘈雜，我還不知道發生了什麼事，走向上海街頭，只見烹飪業工會的人，一群群在扭秧歌，紅布條上寫著「歡迎解放軍」。啊，難怪廣播電臺裡「保衞大上海」的呼聲已經停止，聒噪的某娘姨捐戒指、某先生捐月薪慰勞國軍的冗長名單宣讀，連續了個把月，今日亦靜寂下來，原來上海「解放」了！

我沿著街走，看見百貨公司的走廊前，站著中共的兵，手裡執著上了刺刀的步槍，走廊上蹲著不少被俘的國軍，有的沒帽子，有的沒鞋子，汚泥斑斑，相當狼狽，有的靜默，有的站起來大聲和看守的解放軍在理論：「既然俘虜我們，就該給我們一點吃呀！」看守的兵不理他們，俘虜就轉身向旁觀的人群要求：「給我一點吃的嘛！」並且用手比劃，不斷指著自己張開的嘴巴。這時候，街上還有許多共軍的伙夫兵，正用竹簍挑著一擔擔剛煮熟的魚，熱騰騰在冒香氣，伙夫腳步匆匆，也不知挑到哪方去宣慰補給，俘虜當然沒份的。

我再往前逛著，聽到一陣響聲，也分不清是槍聲還是鞭炮聲，一個多月來，炮聲隆隆，耳朵已經聽慣了，夜晚到屋頂陽臺上去看炮戰，血紅的炮彈在天上飛，從起到落，也有一二秒鐘，你來我往，遠看像一盞盞紅燈籠弧線地拋來拋去。看多了，聽久了，也就痲木不覺得可怕了。

我再往前，就聽見有人在喊：「小心！」路側正有一排共軍半蹲著，一個個做起跑的預備姿勢，快速地衝越寬闊的馬路，每穿越一個，垂直方向的橋頭，就有槍聲數響射過來。我發覺是北四川路橋頭的碉堡裡，國軍正在對他們射擊，啊，街頭還在打仗，我若有所悟，不禁大吃一驚。

趕快離開這個戰場，我往回跑了一段，街上湧來不少散兵游勇，誰也不管誰，路口與巷角，已出現解放軍貼的告示，文字記不清了，大意是：「大家放心，一切案堵如故！」我在看布告，一位張叔叔走來拍我的肩膀，他下身還穿著軍褲，上身披了件布衫，頭髮蓬亂，兩眼太疲倦，一看就知道是剛從部隊裡潰散出來的。

「吳淞口撤退的船走了，船上擠滿了人。炮彈已打到海邊，碼頭上你踏著我肩，我踩著你頭，沿著船身直往船舷上攀爬，我擠不上去，等船開動，人牆倒塌，不少身子搭著身子的人，統統掉到海裡去了！」張叔叔說。

張叔叔在部隊裡是軍需官，當時部隊的軍餉是發放銀元袁大頭的，張叔叔手裡還提著一小包銀元，整夜沒睡，正茫茫然不知要去哪裡。

「沙灘上堆著許多裝銀元的箱子，炮彈來了，箱子被炸開，銀元滿天飛！」張叔叔忽然說話好大聲。

我帶他往我家走，突然槍聲又響了，槍聲就在耳邊，我們停住腳步，觀察一下究竟，看見幾個武裝的解放軍正向我們跑來，而槍聲也隨著他們的到來，子彈也緊跟著到我們腳跟邊來了！原來對街是中國農民銀行，銀行頂樓上駐守的部隊，一見武裝士兵走過就猛向下射擊，我們立卽躲進一爿店面裡。

「這是臺灣新來的增防軍，上星期剛調來上海的！」張叔叔說。

那時候，我對「臺灣」只有一點點模糊的印象，我只曉得臺灣滿山是水果，冬天還一樣吃西瓜！一位新竹籍的牙醫，曾送我家臺中產的「人心果」，想像裡如新疆西藏，有點《西遊記》裡的浪漫。還有就是上海大世界遊樂場門口，在春末就賣臺灣的蟋蟀，蟋蟀特別大，鬥起來並不兇猛……對臺灣的事物，每樣很新鮮，所以當時一聽到「臺灣新來的」字樣，記憶非常深刻。我告訴張叔叔，北四川路橋頭的郵政總局也正在開槍，我們必須繞道回家，張叔叔說：

「他們都是掩護撤退的，不打算走了。」

張叔叔是我家的同鄉，昨天他還坐在吉甫車上，載運袁大頭，四處發放軍餉，所以他對駐軍番號最清楚，現在成了散兵游勇，沒事做了。他到我家談了一會戰況，母親讓他換了全身百姓便服，就決定回到鄉下去。但他所說掩護撤退的國軍，卻引起了我的興趣，尤其是農民銀行樓頂的臺灣新兵，使得我每天去好奇地窺探，我看到樓頂上仍飄揚著青天白日滿地紅的國旗，並且繼續在開槍。

到了第七天，上海附近都全部淪陷，報紙上登的都是某某機關接收順利，某某主管移交得坦白而正確，可以做模範，大家向他看齊！街上熙攘依舊，叮叮噹噹敲著銀元，站立街邊做黑市金鈔買賣的人，依然不少。唯一新添的是：路攤上到處在賣廉價的共黨書冊：《剩餘價值論》、《新民主主義》……一切表面都很平靜，只是大家都穿著比較破舊的衣物，市容顯得有些黯淡。而這些掩護撤退的國軍據點，在人潮中間，反成爲孤島一般。那天我擠在人堆裡看，高樓上旗還在飄，槍已經不響了。因爲中共命令武裝人員遠離這些碉堡，不去對付他們，任其自生自滅。一面又發動百姓代表去勸說。

「開槍只能打死老百姓，別開槍了，你們撤退吧。」百姓代表過去勸。

「我們的彈藥和糧食，還可以守三個月，我們不想走！」碉堡裡頑強地回答。許多碉堡內側壘疊的蔴袋，裡面裝的不是泥沙卵石，有的壘包裂開，流出黃豆和白米。

僵持到了第十二天，街上的人群仍在附近指指點點地談論。

「要什麼條件，才肯撤退呢？」百姓代表一直在勸。

「讓我們退到吳淞口海邊去，我們再想辦法。」碉堡內有了決定。

初來上海的共黨，滿臉堆著笑，一副寬大的樣子，對他們的要求一口答應。

第十四天，我看見有人在農民銀行前清理碉堡，清理現場的工人在說：

「這些臺灣新兵一到吳淞口，只見白浪滔滔，船都開光，就一起大聲痛哭！」

「那他們要去哪裡呢？」有人問。

「誰知道！」

是就地解散了？是集體整編了？誰也不知道他們後來的命運。我只覺得心沈甸甸地走回家。

不久，我家就遷回嘉善的農村裡，父母親虔誠地禮佛，天天唸護法金剛咒，祈求在草萊中隱姓埋名，躲過這亂世浩刼。父母親表面上好像陽陽如平常，但在夜裡聚精會神用耳機偷聽臺灣的廣播，聽到五省聯合叛變的訊息，氣得一天不說話；聽到海南島大捷，父親就半夜起來喝酒慶祝。那時候我家都不准說「臺灣」這二個字，用「番薯」來做暗語，臺灣地形像「番薯」呀。

「解放」初期，人民政府簡直像施行仁政的，一切聽任自由，除了半催半逼有錢些的人家，要購買政府公債外，其他一切不聞不問，即使約談國民政府時期的官員，也好像很有容納異己的肚量，由你辯駁，笑著迎送。叫國民黨員去自動登記後，也只是偶爾來拜訪拜訪，的確有人會唱：「解放區的天是明朗的天！」

我家回鄉後，張叔叔常來聊天，有一次，剛從外埠回來的農夫阿長，神祕兮兮地奔來我家，報告一則奇怪的訊息：

「好像國民政府回來了！嘉興城外插著國民政府的旗，軍隊都帶著十二個角的帽子！」

「眞的呀！」我們全家都驚詫極了。

張叔叔半生在軍中，他對軍隊消息靈通些，他不覺得驚詫，只淡淡地說：

「並不是國民政府回來了，是一支不肯投降的國軍部隊，在無路可走以後，他們同意不開火，但是必須繼續升青天白日旗，戴青天白日帽，永遠不接受改編分散……解放軍也答應他們的條件，所以他們每天早上還在嘉興附近唱國歌！」

「他們將來怎麼辦？」

「天曉得！」

大陸淪陷一年左右，大概戶口都清查好了，調查資料都登錄齊備，天羅地網都擺設妥當，共黨就把那鬆弛的鐵索漸漸勒緊來，開始清算鬥爭，撕破羊皮的面具，露出猙獰的狼臉，張叔叔被抓去槍斃了，父親逃往香港之後，我也從鄉下趕去上海，得到李大夫的幫助，安排往香港逃亡。臨走前夕，李大夫帶我去上海一家五層樓的大鴻運飯店送別，一起吃客飯，整座飯店空盪盪的，食客六七人而已，大家流行吃客飯。但是歌舞依舊，燈火依舊。李大夫是常客，飯店的人和他很熟，經理走過來，兩手一攤，坦白地說：

「每天的營業，付一半電費都不夠！不准關門，不准裁員，月月倒貼，怎麼辦啊！」

我想著「解放」的頭一天，率先敲鑼打鼓出來歡迎的，不就是上海烹飪業工會嗎？不禁苦笑起來。至今我一直引以爲憾事的是：不曾多問問張叔叔，上海農民銀行樓頂上的臺灣新兵、北四川路橋頭的壯士，以及嘉興附近繼續在唱國歌的駐軍，他們部隊的番號是什麼？在兵敗如山倒的天翻地覆中，他們的所作所爲，該在歷史上寫一筆的。他們後來的悲慘結局又如何呢？或許，政府開放「臺籍國軍」返鄉探親以後，有些故事的謎底會大白於世吧！

民國77、12、1《中國時報》

北京在招手

香港中文大學的張光裕教授，寄來一幀北京的剪報，報紙的標題上赫然是「致臺灣學者黃永武先生」，這篇文章當然是在向我招手，在文章結尾處還先做了一首詩：

古詩入漢鏡，
影照兩邊心，
光如一片水。
連接骨肉情。

誰能否認海峽兩岸骨肉相連？這首詩雖然平仄失調，情味還很濃，在詩的下面他們寫道：「我們熱切盼望黃永武先生在臺灣海峽冰封已漸解融的時候，能來……。」

能來？我忽然想起了朱舜水在日本寫的詩：「起看漢家天子氣，橫刀大海夜漫漫！」在海上枕戈待旦了將近四十年，被一聲呼喚，就魂也勾去，飄飄然起來？夢一樣的想著轉道香港，趕赴大陸，翩然歸來？

提到香港，就想起離開大陸的那年，我躲在漆黑的載著空汽油桶的車廂一角，車廂外上了鎖，車開到九龍邊界的羅湖鐵橋，有哨兵來一節節敲門檢查，車廂雖開了鎖，哨兵並沒有爬上來，貨車司機與哨兵在車下對話，我在車內聽得很清楚，那眞是難挨的一刻。

深圳到九龍的羅湖溪，乃是陰陽分割的生死線，爬鐵絲網從水路偷渡的人，有的死在槍下，有的因錢財露白，死在帶路的黃牛刀下，溪裡陳屍發臭，到處驚心怵目，我與一群難民買通了火車司機，從貨車中偷渡算是相當安全的。

終於從烏黑的車廂縫隙中，望見遠方閃爍的霓虹燈，內心爆發出「到九龍啦」的喜悅。可是下了火車，車站的香港警察，把我們團團圍住。

「這幾位是我的親戚，請幫忙入境。」火車司機向警察求情。

警察只同情廣東人，走過來盤問，滿嘴鴃舌的廣東話，我聽不懂，張嘴傻在那裡。

「什麼親戚！不會廣東話，不行不行。」警察大吼。

「有一個算一個的嘛，」司機搬出了行話。

「不行不行，遣返大陸！」警察齊口同聲，很兇的樣子。

「有一個算一個的嘛，」司機一面重複那句老話，一面轉過頭來望著傻楞在一邊的我們，怒目責斥道：「還不走！站在這裡幹什麼？」

我們飛快地衝出九龍車站，那群警察站在原地不動，繼續在大叫：「不行不行，遣返大陸！」

橫眉負手冷對召喚

回想著這一幕，心悸猶存，如何想得到有一天會腰纏錢貫，滿眼掌聲，可以風風光光、得意洋洋地路經香港，歸去大陸？豈不該有「來時是蛇、去時是龍」的飄飄然？一年來，多少人作秀也罷，好奇也罷，製造新聞打知名度以自擡身價也罷，爭先恐後，像螞蟻樣向一堆腥羶快跑，而我卻對著北京的召喚，橫眉負手，有人一定會勸告我：「走出當年偷渡的陰影，不必腿發軟，他們已經保證來去自由，你看誰誰誰，不是出入自在嗎？」

「保證」是有了，但爲什麼不保證臺灣海峽不使用武力呢？在中國達成自由民主的目標前，我們怎能沒有敵我意識？我們能忘記當年爲什麼要冒死逃亡嗎？

回想大陸淪陷了一年多，我在江蘇青浦私立的顏安中學裡讀初二，學期快結束的時候，訓導處貼出一張布告：

「國家總預算中，教育費大幅增加，凡欲享受公費待遇者，請向本處登記。」

布告一出，全校歡忭，同學們搶先排隊登記，過了二天，又一張令人心喜的布告：

「凡向本處登記欲享受國家公費待遇者，請於本週末下午二時在禮堂集合。」

難得快樂的週末，大家蜂擁向禮堂，我搶到了第一排的位子。

準時，校長進來了，大家高興鼓掌，但是校長後面緊跟著幾個持鎗的共軍，齊往主席臺上一坐，坐定時，鎗托「砰砰」著地的聲音，使全場猛地沈寂，肅殺的氣氛，忽然不對了。

校長說：「國家的公費待遇，是給軍政幹部學校的，既然大家都樂意享受公費，志願從軍報國，個個是革命青年，我為大家感到驕傲！……」

全場一百多雙訝異的眼神，相互接觸碰擊，幼弱而無告，卻不敢有一點聲音。

校長又自顧自地說：「近在松江，有幹部學校；遠在南京，有軍政大學，三個月就可以畢業，畢業後都可以參加『抗美援朝』的革命行列，你們既然都志願登記了，學校可以派人送你們去，也可以自己去報到……」

我想起學校曾舉行幾次「抗美援朝」大會，每次表揚志願去朝鮮打仗的同學，都是初中

二、三年級稚嫩的臉，加上掌聲、鞭炮、紅布條的紅，我想到麥田裡倒下一排排少年的炮灰屍肉，淌著鮮紅的血。

校長指著第一排的李同學說：「李某某，你是要學校派人送你去，還是自己去報到？」

李同學嚇了一跳，囁嚅地說：「我……要問我媽媽……」

「現在是什麼時代？」校長赫然震怒，一頓腳，責罵道：「革命青年居然還要問媽媽？」

校長一頓腳，主席臺上的共軍也把槍托在地板上砰砰地撞擊，在旁助陣，我們學生的心跟著一陣亂跳。

「黃永武，你怎麼樣？」我眞後悔搶坐到第一排，這麼快就被校長喊到。

「我……」我一定面無人色，不知道說什麼，大概是：「我自己去！」

就這樣，我辦了休學手續，取得一張赴南京軍政大學的路條，軍政大學也有入學考試的形式，問你「美帝的原子彈能不能征服全世界？」你畫個「×」之類，就可以錄取。我回家把學校逼我去唸軍政大學的事告訴父母，父母差點嚇昏，那時候，農村裡「土改」已經開始，田野中間搭一個公審臺，鮮血淋漓就灑在臺前的稻根上。一個小小的嘉善城，一夜間抓了六百個人，所以夜晚一聲犬吠，小城中的人，都會從床上跳起來，大家驚魂不定……不久，父親就逃掉，我也憑著這張赴南京的路條，逃往上海，再逃到香港。

夢魘一樣，想到這一個靠欺騙建立起來的政權，四十年後，它的「保證」仍然是教人躊躇不前的。現在眼前擺著北京「熱切盼望能來」的報紙，又想著抽屜裡另有二封大陸的「邀請書」，都蓋著一顆刺眼紅星的印戳。

一封寫著：「您是著名的敦煌學家，我們特邀您參加會議……」今年八月在北京開會。

一封寫著：「您是臺灣著名文學理論家，我們特邀您參加會議……」今年十月在福州開會。

好密集的邀請函！但我還不像某些傻瓜，收到了一封中共的「邀請書」，就自我陶醉起來，忍不住炫耀式地向教育部請示：可不可以參加？這樣自然達成了中共利用我們內部壓力，逼迫政府快速改變大陸政策的目的。而有些油頭粉面之輩，更自鳴得意地越界偷跑……

我只在冷靜地想：如果我被逼上了「軍政大學」，參加「抗美援朝」戰爭，今天仍是北京「熱切盼望能來」的人嗎？如果我不冒死逃亡，而滯留大陸，在「黨領導」的制度下，我能成爲北京指名的什麼家什麼家麼？不要怪我不相信北京的「保證」，只怪慣耍「騙人把戲」的北京是否眞的痛心悔改了？

夢魘一場餘悸猶存

現在中共把大陸上一切的罪過，都推給文化大革命的四人幫，其實引發這場慘絕人寰的浩劫，每一個共產黨員都有著幫兇的罪，像沿著降霜的趨勢一步步推進，自然到了地僵天凍的一日。

我又回想我在「解放」初期所受的學校教育，早就是「文化大革命」的培育活動，國文課全部改授蘇聯的短篇小說，已經在替「破四舊」鋪路；分組討論以「我對家庭的不滿」爲題綱，早埋下人倫慘變的引爆信管；而每週六的全校鬥爭檢討大會，事先不宣布鬥爭名單，等大家集合以後，突然被喊上臺去鬥爭，臺下安排好打手，伶牙俐嘴，被鬥者失魂落魄，個個像垂下頸子的公鷄，我不是也曾被喊上臺去鬥過嗎？這樣的教育訓練，經過了二三十年的血腥灌溉，終於在「文化大革命」時，開毒花、結惡果，這樣的教育，能培養出什麼家來？

現在北京在招手，召喚著「熱切盼望能來」！

這次的召喚，起因是我曾寫過一篇〈從古鏡說娥眉〉的文章（已收入洪範書店的《珍珠船》一書），其中提到大陸出土的一面漢代鏡子，四周刻著曾失傳了一千七百年的魯詩，這是考古學術界的大事，其中毛詩的「螓首蛾眉」，鏡子上的寫法都不一樣，我說魯詩的「蛾眉」不會寫作「虫」旁，應該作「女」旁才對。當初中共公布時，這「蛾」字是個闕文，現在文中告訴我：細看是「我」字，既無「虫」旁，亦無「女」旁，「螓首」亦不作「虫」旁，且根本不像「螓」字……文中並告訴我，這面寶貴的鏡子，現在珍藏在武漢市的文物商店，是一九七〇年在湖北省的更生倉庫的廢銅中揀選的……。因此希望黃先生能來詳加考證這件稀世的珍寶。

對於大陸滿地是文物寶藏，需要學者們攜手合作去研究，我怎能不爲之神往？爲了中華文化，我當然樂於接受召喚，壓在我心頭的回憶中血淋淋的歷史包袱，也不是永遠不能拋卻，我愛大陸，我愛看見大陸上已經透露出來的一絲曙光：

「階級敵人」已不存在，這等於說無產階級專政，已經不再堅持了。

毛澤東思想，每天教人搞鬥爭，使社會分崩離析，已經公開承認錯了。

而深圳在香港化，海南在臺灣化，整個大陸嚮往香港化臺灣化，這等於對社會主義無所謂堅持了。

四個堅持，只剩下「堅持黨的領導」一項還緊抓不放，唉，北京呀！這少許既得利益者的特權私利，與整個中華民族的康莊前途來比，是太渺小短暫了，與中華文化的豐富燦爛來比，也顯得太陰暗齷齪了，就剩這一個狹小自私的堅持，希望在中華文化的寶鏡神光照耀下——

光如一片水
連接骨肉情

北京，北京，只要放下一小撮人幽闇自私的念頭，我馬上就可以朝著招手的方向，出發前來了！

民國77、10、13《聯合報》

妹妹的嫁衣

記得姐姐要結婚的時候，母親每天笑瞇著眼睛，一會上街回來，一會又上街回來，每次以三輪車載得盈盈滿滿，在爲姐姐採辦嫁妝。從小剪刀買到大棉被，從漆器買到瓷器，衣料乃至食品，都是用力壓、用力塞，裝滿了鼓鼓的二十個大箱子。

那時是民國三十六年，抗戰勝利不久，生活還算安定，我家在上海有輛自用三輪車與車伕，算是小康之家，所以母親替姐姐辦嫁妝，儘量求豐盛、求完備，況且姐姐不是母親所親生，有幾分怕別人挑剔後母的心情，所以對姐姐特別大方，平時我們對姐姐就敬畏三分，這時她更是天之驕女，不等她開口要什麼，無不樣樣俱備。

姐姐那件新娘嫁衣，更是母女兩人千挑萬選的，紅得那樣亮麗，高領子上更是五彩繽紛，穿在姐姐身上，光彩映座，像紅蓮，更像盛開的綉球花。可惜姐姐出嫁還不到二年，大陸就淪陷了，原本一個溫馨的家庭，被共產黨弄得破碎分飛，母親和妹妹留在浙江農村，父親與我家兄弟，陸續逃出鐵幕，來了臺灣。

到了民國四十八年，一家人已分散將近十年，但是兩邊仍都過著貧苦的生活，我剛在東吳大學念一年級，柒佰元一學期的學費也是分幾處借來，二哥在海軍服預備軍官役，也是窮，還剛好趕上八二三炮戰，父親在臺北育幼院的工作辭退了，一元收入也沒有，父親和我仍賴在北投育幼院的大宿舍裡，每天端一份孤兒院的大鍋飯來吃，我到東吳上學，常沒車票錢，就從北投走去外雙溪……

正在這樣的窘境中，接到香港友人轉來大妹的信，知道大妹在三月間要出嫁了，信上簡短地求父親說：「記得姐姐出嫁的時候，嫁妝不少，而我呢？只希望能寄一頂帳子給我！」那時候我們正窮得慌，更況且兩岸信件不通，匯款無門，政治上禁忌重重，想透過香港寄一頂帳子到大陸，又談何容易？所以妹妹的這點點小願望，竟不是我們父子三人的能力所及！

直到近年，兩岸開放了探親通訊，妹妹的丈夫都已經去世，守寡的大妹還在來信中回憶那段待嫁的心情，左等右等，等不到我們寄去的帳子。只見母親每天搓著手，喃喃對妹妹說：「連一把梳子也沒有買，想不到你出嫁時，家裡窮成這樣！幸好你是媽親生的，不會說媽媽，不是親生的，一定會認爲在替自己親生的留下好東西啦，解釋也解釋不清的。」

姐姐雖然想把當年華貴的嫁衣拿來，但是短袖的，三月天不能用，何況整個大環境的氣氛不對了。妹妹當時在工廠裡做翻棉衣的女工，每天只有一元工資，晚上棉被蓋不暖，就把加工的新棉衣蓋在被子上，既節省場地，又暖和，而且天天換一床新「被子」，母親見了就笑道：「窮人也有窮辦法！」但白天只吃稀飯，配百分之三十雜糧：豌豆、小芋乾，一空就去挖野草，一種叫「銅錢草」的和著糠做餅來吃。媽愛說：「人的口味沒有定準，只要餓，就什麼都好吃！」在如此黯淡的日子裡，誰還敢穿姐姐那件亮麗的高領子像綉球花的嫁衣呢？

大妹的嫁衣，是她自己縫成的，拿一件媽媽的舊衣來改做，母親還嘖嘖稱讚說漂亮漂亮，妹妹記得很清楚的一句話，是媽媽對她說：「箱裡衣，有時盡；手上衣，穿不盡。」我家分散以後，母親就靠替人裁縫衣服維生，而妹妹也跟著學會了手藝。母親見妹妹的手藝已經強過自己，非常高興，所以告訴她：箱裡鎖著再多的衣服，仍可能有穿盡的一天，惟有手上會自己剪裁，憑著一雙手藝，將來才會有穿不盡的衣服。這使我想起古諺裡說：好男孩不炫耀父祖的家產，好女孩不炫耀嫁時的衣裳，唯有自己親手創造出來的，才最珍貴，這和母親的話，有點相通。妹妹的嫁妝可說是空無一物，但妹妹最好的嫁妝，也許就是母親這一句話吧！

民國81、5、9《中央日報》

媽，別哭

媽是民國元年出生的，民國八十年，媽自然也八十歲了。可惜媽在六十四歲時在大陸去世，當中國的苦難正值寒夜深沈時化作了一縷幽魂！臨終那刻，她痛恨魔鬼統治的地獄，盼望著與兒子見面，她沒來得及等到長夜抵盡頭，她沒來得及聽到萬方的鷄啼天曙，媽的一生，可說是苦難中國的一個小小縮影。

苦難中國的一個小小縮影

媽很少哭，她稍帶點暴牙，嘴經常微微張開，像在笑。她凡事總往好處去猜度別人，周圍的人都覺得她好溫暖、好寬厚、好樂觀，在我的記憶裡，媽只哭過二次：

一次是在民國三十一年，媽帶著三個男孩——我和二哥——跟隨游擊隊，偷渡日軍的封鎖線，我們坐船橫絕太湖，剛出發，風帆折斷了帆竿，正打在媽的頭上，是什麼不祥的兆頭？媽撫著突起的大血包，沒哭。等到黃昏時大夥上岸，剛翻過安吉山嶺，出現了大批八路軍來攔截，搶東西。一時山林裡槍聲交作，媽奔回湖邊船裡，不但失了所有行李，也失散了二個孩子。而八路軍的槍聲更引來大隊日軍的包抄夾擊，整座湖山在槍炮聲中戰慄，附近的村屋熊熊地燃燒，火光照亮了遠山，也隱約照亮了媽的半邊臉龐，媽在船頭驚惶地大哭，使奔回船裡的人只好再上岸去協助尋找，直到我們凌晨摸索歸來，媽才破涕爲笑。

第二次哭也是在民國三十一年，媽帶二個兒子安抵了後方王嶺——游擊隊的集訓地——雖然衣物盡失，無以度冬，媽倒沒哭，等到爸從另一路線來後方，告訴媽說：臨時寄養在別人家的二妹，被養母每天餵食冷飯冷菜，已經虐待至死時，媽又大哭！那時幼小的我並不懂得安慰媽，只顧獨自攀上屋後的小山丘，坐在一棵松樹下，托著腮聽媽的哭，哭聲一陣低抑一陣高昂，繞著滿山松樹在半天裡迴盪，哀哀的聲音至今難忘。

媽每次哭，好像都是爲了孩子。爸被日軍逮去瞭望臺上，刀抵胸口，屠戮在即，媽沒哭。日軍進攻皖南，寄住的房子被放火，生活所需全部焚毀，媽在山頂眼巴巴地望著烟火連天，也沒哭。抗日勝利後的歡樂很短暫，外婆在歡樂的氣氛中逝世，媽忍著淚水，高聲在外婆耳畔念佛，告訴我們：外婆眞有福氣，棺材墓地樣樣要選上等的。即使她哭，也不讓別人看見。

中共佔領了大陸，我家回到浙江農村去，就在共黨要逮捕爸的幾個小時前，爸得到了消息，匆遽地和媽訣別，爸走後，媽握著爸在匆遽中忘了帶的手錶和身分證，望著爸身分證上的照片，媽也沒哭。爸逃抵香港，我和二哥也準備遠走香港，媽仍然若無其事，只管虔誠地禮佛唸咒，我並不覺察媽是否哭紅過眼睛，媽有幾次躲開我們，沒見媽哭！

縫紉機一動，就要挨批鬥

自從我們離家以後，家中的財物全給查封了！媽被掃地出門，流浪在外鄉鎮靠手工針線幹活，當時盛行列寧裝、西裝、西褲，沒縫紉機做不了。手工針線，只能縫縫補補，做做布鞋，而窮人們只有秋收後才有點生意上門，媽對窮苦人補衣服，常減少收費，有時連自己的舊衣也送給比她更苦的人，收入當然極少。於是賣熱山芋、菱角。好不容易從製鞋匠那裡借來一臺舊縫紉機，由於沒有「攤販證」，管這街的第三組組長，是一個蓬頭垢面，顴骨高聳，鼻子到嘴巴間斜垂著兩條弧形深紋的兇惡女人，走來警告說：「替別人做衣服賺錢，就是走資本主義道路！只要你縫紉機一動，就要挨批鬥！」有一天家裡用縫紉機踩製一塊抹布，眞的驚動了她帶著市管會的一大批人湧到，個個兇神惡煞，發現只是一塊抹布，口氣緩和了些：「自己用的可以做，親戚朋友的就一律不許做，卽使不收錢，人家亦得送東西，東西也是錢所買，同樣也犯錯，這就是變相的資本主義！只要有人反映你，我絕不客氣！」媽的生計幾乎斷絕，媽沒哭！

縫衣服不行，媽就改用舅父家的稻稈，靠搖草繩、織草包賣，做比較吃力的工作，一空就挖野菜，撿稻穗，每天只吃二頓稀飯，天天想著重與丈夫兒子團聚，有時只好私下求籤，求的都是「明月清風等閒度」「閒坐等時來」之類，就猜這「時」要等多久，三年、五年？還是十年廿年？有一次看見鄰居的子女，下放到新疆，每年還准許回家探望一次，十年就有十次，廿年就有廿次，而自己的孩子呢？她沒哭。眼看坐吃山空，極爲發愁，親戚們有的避之唯恐不及，有的還說：「那棵死桑樹還澆水做什麼？」很少肯接濟的。媽喜歡紹興戲裡「借黃糠」這齣戲，常常自比「借黃糠」所受的磨難更多，但媽竟說：「苦是在劫難逃，我想多吃點苦，也好把災難早點結束！」苦像債，有個總數預定著似的，然而一年等過一年，比「十八年寒窯」的日子還長，人已等老了。媽又說：「十八年不算長，遙遙無期才長！人的壽命有限，卽使現在就能團敍，哪怕天天擡在轎子裡也還能有幾年福好享！」媽歎著氣，但是決不哭。

在紅衛兵時期，由於家裡被查出幾根拜佛的「香」，這些「香」都是自製的「迷信品」，買不到的禁品，引來了不少紅衛兵，前後圍住抄家，字帖、集郵簿、有美女圖案的碗、穿禮服的舊結婚照，全成了該破除的「四舊」對象，燒的燒，搶的搶，罪名大得很。舅父被揪鬥，因爲爸在逃走時，由他搖船載走的，就天天用繩子牽了走，掛牌遊四五個村子，然後跪在長凳上，天熱曬大太陽，天冷澆冰冷水，再不就在地上爬，邊爬邊喊自己是哪一類的黑分子！村子裡的無賴之徒，都來趁機要脅，硬借錢。舅父骨頭硬，吃的苦頭就更多。舅媽則隨時打好一個小包裹，準備一拎就去吃官司，雖然是豁出去了，隨他們怎麼胡搞，最後還是挺不住，得了精神分裂症。當時各地武鬥劇烈，各單位清理階級隊伍，媽寄住的練塘鎮，和青浦發生武鬥，打死了青浦人，夜晚常傳報仇的警報，一回敲鑼，隔一回又敲鑼，經常連小孩都不敢睡覺，媽和妹妹都患過記憶喪失的毛病，但還是沒有哭。

以為父子躲在地窖裡，開辦「學習班」

在紅衛兵時期，老家俞匯鎮上，唯一的西醫師張耐先被揪鬥了，因爲他曾「失蹤」了十年，這十年他天天躲在自家住宅的地窖裡過活，不與外人來往見面。媽奇怪地說：「他是行醫的，何須這樣？實在太膽小害怕了。」媽剛說完，俞匯來了一個匪幹沈根夫，兇巴巴地要進媽的居所搜查，原來張醫師的故事，引發了他的靈感，奇想天開地認爲爸和我兩兄弟不可能逃離大陸，一定還躲在什麼地窖裡，倘若查獲了，他一定可以升官，可惜遍尋不著，就回俞匯鎮去開辦「學習班」，逮捕媽與舅父去隔離審查，審查至少一個月，吃住得自交伙食費，這種「自費囚犯」就叫做「學習班」，舅父住在媽隔壁一個月，彼此不知道，舅父被殘酷拷打哭了好幾次，媽乾脆照實說我們是去了臺灣，「有能耐就去把他們抓回來吧！」媽沒哭。

離家以來，我們也試著用化名向家裡寄信，信起先由香港寄到上海邵先生轉交，後來邵先生被判無期徒刑，才只好用化名直接寄回家，媽不住在那裡，鄰居驚惶得搶了信就往公安機關跑，跑去報告，唯恐受牽連，信裡只有三五句問候平安話，派出所也就發還了，其實他們早就查拆過。直到我與二哥都完成了博士學位，民國五十九年哩，才向媽寄了照片去，並請新加坡的友人，按月寄點錢去，媽十分寬慰說：「錢倒夠了，只是不知何日才能團聚？」那時紅衞兵還在鬧，海外友人告訴我：錢不能多寄，會有麻煩，直到民國六十四年三月六日，媽全身蠟黃，因黃膽肝癌去世。臨終前還手握我兄弟倆的照片，嘆氣說：「我想總有一天會見到他們的，看來今生沒希望了！」接著一直呻吟，眼淚滾滾，再不回答任何問話，瞑目之前，媽又哭了！

有一雙手，隨便做什麼不會挨餓

媽，別哭！記得離家前，您說：「有一雙手，隨便做什麼，不會挨餓。」您原以爲我們兄弟逃到香港，會在熱水瓶廠做工人吧!?我們兄弟隨即去了臺灣，當時住在香港熱水瓶廠工人宿舍裡九十天，由於韓戰初起，臺灣風雨飄搖，工人中很多是共黨的滲透分子，熱心教大家扭秧歌，並威脅我們說：「臺灣馬上會解放，去那裡當兵送死做什麼？」我們嚴正告訴他們：「能夠當兵殺共匪，有啥不好？」來了臺灣，將近有二十年的生活的確很清苦，光是租房子搬家就十幾次，每次搬家，不過是木條釘的肥皂箱，裝了十幾箱書而已，其餘的衣物棉被，還裝不滿一輛三輪車呢！我們雖然窮，卻沒有一天放鬆過自己，發憤讀書，努力精進，記著媽的教訓，我有一雙手，非但不挨餓，還替自己開拓了光明的前程，我從熱水瓶廠的候補工人，已成了教授。近十年來，又有了自己的住宅，買屋時我曾對爸說：「您在上海時把住宅頂讓掉，是三十二兩黃金，到今天花二百五十兩黃金才買回了住宅，一場戰亂，無家落腳，中間整整苦挨了三十年的時間！」爸也感到安慰說：「來了臺灣，我是天天像住在旅館裡等著回家，現在總算定一定了！」隨著臺灣經濟建設起飛，全民締造了經濟奇蹟，只可惜再多的錢，已買不回家人團聚的歡樂，已無法對媽作任何反哺回饋，除了造墳祭奠外，還有什麼用處？

一會中狀元，一會又團圓，哪那麼容易！

媽，別哭！您說有一個最大的願望，就是期待有一個團聚的日子，好把幾十年受的苦一一訴說！這願望已實現了一半，有關您別後的點點滴滴，隨著返鄉者的口述，我已詳細的記述下來。對於無情無義的親戚，您要我只記他們的好處；對於有恩的舅父母，您要我侍候他們如親娘。媽，在長夜漫漫中，相信您就是靠等待有一天能翻身出頭的希望，把什麼苦難都撐過來。一個鄰居對您說：「老古話，落難公子中狀元，多得很，你二個兒子在外，說不定會中狀元……」您聽了就笑出聲來說：「那是戲裡的事，一會中狀元，一會又團圓，哪有這麼容易？不過，這二個孩子確是很聰明……」您遮遮掩掩的回答中，心事全給人猜中了！媽，您的孩子雖沒中什麼狀元，但這分希望竟讓您什麼愁苦都毫不在乎了！

媽，別哭！您交代我的一件事：「到了自由世界，把大陸的苦難告訴大家，快來解救我們！」這件任務孩兒至今不曾完成，所以至今無顏上您的墳，向您報告好消息，雖然妹妹來信說：「爸的成分已平反，我們是臺屬，處處受人敬重和羨慕！」這有什麼相干呢？妹妹又來信說：「嘉善縣裡有人在收集爸的資料，準備寫爸的傳記。」這又有什麼意義呢？禍害全中國的共產主義為什麼不改變？只改變這些耍弄人的名分有什麼用？我是決不以探親名義、以開會名義、以觀光名義到您墳上去的，媽，每次您哭，都是國家苦難最深的時刻，您的兒子骨頭和您一樣硬，前陣子，蘇聯的共產主義在一夜之間土崩瓦解，我興奮得徹夜未睡，寫好了一篇〈勝利祭母文〉，媽，您一定會在墳前，看見回來解救苦難的隊伍，那時您的兒子才會出現在您墳頭，大聲地朗讀祭文，讓您笑！

民國81、1、10《中央日報》

妹妹的來信

桌上放著大妹從大陸的來信，很湊巧的，她住在上海附近的金山，我住在臺北附近的金山，臺灣的地名往往是大陸地名的重複，就像美國不知有多少個滑鐵盧、多少個聖荷西，地名裡也有血緣血脈的鄉愁關係，我望著信封上兩個金山的不同郵戳，禁不住舉目眺望著大海。

大妹的信，不但文辭清順，故事動人，說理也有一套，怎麼想得到大妹只有小學程度呢？記得我離家那年，她剛小學畢業，紮了兩根辮子，甜甜的酒窩，是班上第一名的。我家四散奔逃後，家中財物被查封，她跟著母親學裁縫，失學之中，母親仍要她清晨就練毛筆字，難怪她信上的筆跡很娟秀，少數用簡體字，大體上都寫正體字。

好學的大妹失學後，像一條失水的魚，悵望西江秋水，一直想再念顏安中學，那是一所我曾讀過書的學校，老師們還記得我，知道是永武的妹妹要來讀書，都很鼓勵她。放榜時有人告訴她：「妳考上了，快去看，名字在第一。」她心裡樂極，等到天黑無人，才一個人偷偷去看榜，原來以爲日夜盼望的升學願望可以實現了，後來因爲四處借錢借不到，只好作罷。

一位親戚不但不借錢，還恐嚇母親道：「讀了書會送去朝鮮打仗，去朝鮮外地有什麼好？」母親最擔心子女再散失，心中弱點被這位親戚擊中，一路回家一路猶豫，大妹在親戚家門外還聽到裡面在大聲嚷著：「這麼窮，今後連吃飯都有問題，還想讀書？女人不讀書也能嫁得出去，別人家有錢才讀書，沒錢讀什麼書？昏頭昏腦的，被我一說讀書後要去朝鮮，才嚇壞了！」大妹的升學願望，成了一場空歡喜。

事實也是如此，那時母親脫下大妹身上的棉衣，賣了三元，又脫下小妹的絨線衣，還帶點熱呼呼的體溫，賣了六元錢，以這些錢去買糯米、麥芽糖，做成麥餅賣，每天二頓稀飯過日子，哪裡有錢繳學費？

過了幾年，大妹內心期待升學的吶喊依然十分猛烈，她就自學，想以同等學力報考高中，在白天工作忙完後，在昏黯的煤油燈下，把借來的初中課程，全部學完，可惜幾年又過去了，經濟條件一直那麼差，升學是遙不可及的夢境。可是她很愛看書，她在燒飯時也看，結毛衣時也看，小鎮上借得到的流行書，乃是狄青、水滸傳、薛平貴、珍珠塔、包公……噫，大妹的文筆，原來是這樣培養起來的。

讀大妹的信，和讀其他大陸來信不一樣，從來沒有怨自家「出身不好」，有了海外關係，就有了「私通外國」的罪名，到處碰壁。你看多少大陸來信，都染著同一種風氣：細數勞改七年的苦，天天照著廣播抄十遍毛主席指示，每講到頭髮被帶血拔光，禁不住又想大哭，你們在外面可好，而我卻失去了前途與青春。精神上創傷太深不必談，在經濟上也都有一定的損失。我要是沒有遠走海外的「好父親」，早就分配到工作，依照工會規定，現在工資至少也高一倍……過去我曾爲你們受過罪，今天也讓我靠一下福吧！

如果讀這種「樣板式」的大陸信，眞教人火冒三丈，你給他寄錢，完全是同情，他毫不感激，原來寄錢只是爲自己贖罪、向他們賠償罷了！眞是豈有此理，試問：爲什麼有海外關係，就等於「私通外國」？爲什麼有人在外國，就「出身成分不好」？誰將你勞改了七年？誰有權拔光你的頭髮？誰使你失去了前途與青春？由於有「好父親」而一生工資都必需低於別人，這規定合理嗎？身在國外的父親，就欠了家鄉親戚「人情債」？這一切歪法的法源在哪裡？合乎天生人類的基本人權嗎？可憐的同胞，連「寃有頭、債有主」都搞不清楚，不去找這個獨裁政權的「債主」倒算，反而咬自己的親人算賬賠償，是誰把他們教育成這樣？

讀大妹的來信，和讀其他大陸來信不一樣，試看大陸來信的「樣板」，除了怨恨，就是貪心，封封都是希望多寄些錢來，可以領到僑匯卡，到華僑商店走走……你就寄吧，接著孩子要結婚啦，結婚費每年升級，彩電冰箱，請開票寄來，上海提貨……你就寄吧，接著一家人擠在一間屋裡天天哭鬧，要自殺，必須分開呀，新公房的結構比較合理，不過要買債券，我兒子已同意換房，就是沒能力買債券，怎麼辦呢？總不能天天聽罵聲勸自殺過日子呀……你就寄吧，住宅也有五年到十年分期付的，至少也要三萬以上……你就寄吧，小兒子很聰明，一生最大的願望是出國，現在萬事具備，就少一個生活費保證人……你寄還是不寄？

錢會憑空從天上掉下來，寫封信，比求菩薩還靈，單憑這一點，生活在無產階級專政的社會裡，的確比資本主義好，生活在資本主義社會，可以向誰寫信就有匯票來呢？讀這種樣板信，多少還有一些成就感，想想誰不是兩手空空，離開故鄉，自立生活，能站住腳，到今天，就是退伍老兵替人家看門的老張，一回鄉也成了向鄉親散發手錶金戒指的豪客，回臺灣後繼續替人家管門，但家鄉寄來追討彩電的信，就像繞著馬蹄花香的蝴蝶，千里不嫌遠地追著沒停歇過。中學教員老李，也成了家鄉父老心目中成就極高的，家鄉新建的臺眷賓館別墅，老李還訂了二戶……呵，多闊！不過討錢的信，一封密過一封。老家的兄弟為了三隻碗分攤不均，記了三十年的恨，最近為了搶佔一間柴房，兄弟倆竟打斷了臂骨。看樣子，你還不趕快寄錢去，多造幾間柴房，非鬧人命不可，讓你一日不寄錢，一日慈悲的念頭不斷，甚至「還不寄錢」就充滿罪惡感！寄錢變成了你每天放心不下的義務，讀這樣的信有多累呀！

古語說：「救急不救窮」，要救窮成富，你眞比菩薩還強，更何況救到鄉親富還不行，來信裡追著責問：爲什麼寄某某那麼多錢？我受苦比某某多，需要比某某迫切，理應在某某之上，你寄某某那麼多錢，人人都感到憤恨不平……累累累，散財不比聚財容易喔！

讀大妹的信，就舒坦多了，信裡總不忘提及先母的寬洪大德，讓我分享母親在世時的許多小故事。有一次母親向近親借錢，近親不借，還將一把筷子老遠擲了過來，少數散在桌上，多數撇在身上，媽還是對大妹說：「記人要記恩，不能計仇。」有一次媽將所有餘錢，去相信一位老朋友的兒子，入股做軋鋼絲錶帶生意，鄰居勸媽小心呀，「羊不過手！做生意不能把本金交給別人！」媽認爲他父親與我們是老朋友，怎會騙我？鄰居又說：「老鳥有時也會脫毛！」結果血本無歸，媽還去向鄰居解釋：「總不會是騙子，也許是眞虧了本！」日子愈過愈苦，再苦媽仍會說：「比起那些已死的人來說，我們幸運多了！」這一幕幕小故事，都在大妹的信裡讀到。而她眞能傳承先母的寬容忍耐，不追悔過去，更不提起對任何人的恨意，每次和我大談修佛的進境，她說自己在大悲中已得到了智慧，我哪裡忍心懷疑？她要去遍遊全國的佛教名山，也總不忘記感謝哥哥的「賜福」，不必「爲活計煩惱」，脫離了憂愁之苦，同時也勸我要將心中的苦惱、遺憾丟開。

讀大妹的信，使我對大陸上的人心不至於完全絕望，她念過薛平貴、珍珠塔、包公……還是很有用，中國文化不曾絕種，仍絲絲活現在她身上，活現在她筆下呢！

民國81、7、27《中央日報》

不食煙火的人

「不食人間煙火」這句話，被聯想成清高脫俗、羽化登仙的，所以月前報紙上出現標題爲「江西女尼，斷食九百天」的新聞，相當引人注意。

細讀內容：江西省青蓮庵一名廿四歲的女尼石紅清，已經九百多日未進食，只靠喝水維生，天熱時三天喝一瓶水，天冷時十天喝一瓶水，她身高一四二公分，體重四十四公斤，照常從事體力勞動。廣州官方羊城晚報的記者訪問她，她說：「我感到很好，覺得很飽，不想吃東西。如我肚餓，自然我會吃……」我讀到這裡，眼前浮現的倒不是這纖弱而仍在勞動的身影，而是童年時代曾見過的一雙圓圓的大眼睛，我曾稱呼她爲「乾姐」而至今仍不知姓名的女子。

報上又說：「對於此一『前所未有』的現象，未發現任何原因。」大陸地大人多，好像怪事也特別多，這新聞被「法新社」外電一披露，或許已喧騰中外，而臺灣報紙在轉載這則新聞時，還加上「信不信由你」的橫欄標題，好像這類奇聞，眞是「前所未有」的，但對我來說，讀罷這條新聞，就益發沈入深思裡，追憶著那雙漂亮而半帶哀怨的大眼睛。

「不食人間煙火」在古書中記載是很多的，《史記》裡寫張良學道，學會了「辟穀之術」，不吃五穀葷腥，或許你認爲這故事在漢代太遙遠，難信眞假。那麼且看明代的許獬，在他的《許鍾斗文集》裡，也記有他的李姓朋友，曾到漳州的天柱峯，峯上寺廟裡，住著一位閉關的禪者，「絕粒可二十餘載」，已經二十多年沒吃食物，但「望之色膚若冰雪」，勉強他吃，他決不答應。古人較爲迷信，認爲這是「神仙黃白事」，其實不就和今天江西女尼一樣，是個可以「照樣幹活」的凡人罷了。而且在臺北中和，三十年前也曾傳出過一位女尼數年不吃食物的消息，只是不久就被大家遺忘。因此，所謂「不食人間煙火」，決不是「前所未有」的事。

我更記得在民國三十六年左右，上海報紙爭相採訪的「重慶楊妹」，已經八年不曾吃東西，身體還頗健壯呢！那時報紙上有照片，天天有她生活側寫，幾乎鬧了一個多月，正在那時，又爆發出「上海楊妹張黛琳」事件，張黛琳正值荳蔻年華，人又標緻，已經三年多沒吃東西，只飲一些水而已。張黛琳有幾天住在我家，整天有記者來追逐新聞不斷，我喊張黛琳爲「乾姐」，至今我還記得她那雙水汪汪的大眼睛。

是一個夏日的午後，大哥帶了一位穿短袖旗袍的陌生女子到家裡來，她有一雙畏畏怯怯的大眼睛，身材極纖瘦，身旁還跟著個年輕的軍官，頭髮抹得油亮。只聽見大嗓門的大哥向父親介紹：

「這位是張鵬飛，這位是他的女朋友。」

父親還沒答話，這位張姓軍官口才很好，一點也不怕生、不見外，趨前說明來意道：

「我們是想來拜您做乾爹的！」

父親本來不怎麼喜歡什麼乾爹乾女兒之類的關係，更何況初次見面，有點愕然，但這位兩眼水汪汪的女子，竟撲通跪拜在地上說：

「我的身世很可憐，眞希望有一位像黃大哥父親那樣的父親 ！就請您收我做乾女兒吧！」

父親擋不住這漂亮姑娘的攻勢，何況孩子本來就多，也不在乎再多一二個吧，就一面急忙扶她站起，一面口中說：「好啦好啦，就答應妳。」

大哥和他倆笑得很開心，父親這才請教姑娘叫什麼名字？大哥就攔上來道：

「她叫……名字有點土氣，今後就叫她張黛琳好了！她非常奇怪，已經三年多沒吃東西啦……」

這時報紙上正喧騰著「重慶楊妹不吃飯」的社會新聞，所以父親一聽「三年多沒吃東西」不免大吃一驚道：「什麼？她和重慶楊妹一樣？」

「對呀！」這位油頭粉面的年輕軍官得意地說：「我這位女朋友，是個十足的『上海楊妹』，也該在報紙上報導報導，現在有乾爹替她撐撐腰，她也可以膽壯一點，同時，乾爹在上海是有地位的，報導出來，別人才會相信呀！」

父親只是上海市社會局的專員，有地位談不上，是有正經職業的公務員罷了，父親還沒搞清楚事情的原委，還在問東問西，只見門外已湧到七八位報社記者，有的已裝上鎂光燈泡，劈劈啪啪開始對漂亮的姑娘照相了。

原來那時大哥在上海某報做實習記者，和張鵬飛及張黛琳商量好，要炒作這段新聞，一面托詞來拜父親做乾爹，一面就假我家招待新聞記者，記者們突然翔集，圍著美女問個不停，那梳著油亮飛機頭的軍官，更是侃侃而談，父親一時驚愕得不知所措……

乖乖，下一天的上海報紙還得了？「上海社會局專員的義女，『上海楊妹』張黛琳，已斷食九百餘天……」整版的新聞特寫，配上娟麗的照片，連「張黛琳」三字的簽名式也上了報紙，但我知道簽名式是請人代筆的，這乾姐好像沒唸過書，那時代漂亮小姐不識字的還多得很。

各報大挖新聞，接連刊載了好幾天，大哥與張鵬飛等顯然很開心，報上說張鵬飛是張黛琳的丈夫，兩人儷影雙雙在報上大出風頭，張黛琳私下曾對父親說：「反正我已是張鵬飛的人了！」但言下的眼神裡仍有一些緊張，一些不安。

報紙天天追新聞，全社會都轟動起來，父親服務的社會局裡也表示相當關切，究竟是眞是假？父親也半信半疑。父親深知已被人設計，萬一是假，豈不將背上欺騙社會的罪名，連飯碗都會砸掉，明知已被硬押上了架，只好硬著頭皮向新聞界宣佈：「我要把張黛琳關在家裡，好好觀察幾天。」

張黛琳住在我家，眞的三四天不吃飯，只喝少許的水，後來張黛琳要求上街，父親就派我緊跟著她，張黛琳偶爾要我幫她買一小包花生，她說：「我並不餓，只是口饞，也想磨磨牙齒。」當然，一小包花生並不能塡飽肚子，偶爾她也愛吃一根香蕉。

這三五天不好過，白天有電話追新聞，晚上還得監視這「上海楊妹」不吃東西，而報紙依然天天要大塊的消息，搞得我家騷擾不堪，這時父親很想送張黛琳走，但一走必然鬧更大的新聞，甚至會說：假的！假的！

父親終於想出了一個辦法，便請了一位留德的博士醫生李霖大夫來監督檢驗，人是不是可以三年不吃飯？一切由醫師來發言，一切以科學實驗報告來應付新聞界，往後幾天，果然記者都去追李醫師了。

李霖醫師畢竟學術高超，見解不凡，經他仔細觀察、化驗，並取世界醫學案例對照查證，證實張黛琳有三年不吃飯的可能，他說：

「三年不吃飯的醫學案例，古今中外是很多的，這不是什麼神仙，而是患了一種『間歇性的胃病』！胃病發時可以極久不吃東西，胃病好了又會再吃東西，是一陣一陣的！」

李醫師的科學報告，令父親鬆了一口氣，原來幾年不吃東西，西方人也不乏其例，是一種「間歇性的胃病」！病人可吃可不吃，這就讓父親肩頭所挑的社會責任減輕了不少。

父親剛鬆一口氣，禍事接著就來了，一個自稱是張鵬飛的結髮妻子，臉上堆著皺紋與橫肉的黃臉婆，也從報端看到張鵬飛居然另有妻子住在我家，帶同六、七位親朋，携著木棒打到我家來了，又哭又鬧，非要把「狐狸精」打死不可，我家的大門被砸壞，我帶著「乾姐」從陽臺跳出去躲，父親無奈地感到美女尤物，常常是一泡禍水，但已被這檔子禍事撞上，張黛琳又是落花飛絮般的一無自立的能力，不保護她又不行，可眞是進退不得，苦無臺階脫身也！

家裡被張鵬飛結髮妻子打砸的新聞，自然又是社會消息的熱門高潮，報上大登特登，父親要大哥找這位年輕軍官，早不知躲到哪裡去了，張黛琳可憐的遭遇，引起社會廣泛的同情，那時有位女性的國大代表，主動出面願意收留她爲義女，父親徵得張黛琳的同意，就把她送到這位國大代表氣派的家裡去住了。父親心頭卸下了重擔，爲自己能平安脫身而慶幸。

往後張黛琳的新聞，我們也是從報上得知的，這位女國大代表把張黛琳送到一個祕密的地址，全天候監視她的行動，並請了二三位醫師爲她做檢驗，天天用橡皮管子通到胃裡抽胃液化驗，仍天天發新聞，只是不准任何人會見張黛琳。

不久，報上又說：有位醫師天天做化驗，竟愛上了這漂亮的姑娘。不久又說：張黛琳在醫師的愛情攻勢下，又在各種胃液試管的通濬下，胃口忽然恢復了，肚子恢復饑餓，要求給她食物……新聞媒體最後說：「上海楊妹」不吃東西是假的，拆穿了……

後來張黛琳是否嫁給化驗的醫師？沒人知道。新聞已不再報導她，倒是那個油髮滑滑的年輕軍官，曾幾次來我家吵鬧，要求父親把張黛琳還給他，父親哪裡還交得出人？張鵬飛總是咬牙切齒憤憤離去。

直到民國三十八年五月，上海在炮戰後淪陷，政府軍潰散，滿街的散兵游勇，任意來去，中共的「解放軍」也忙著佔領犒賞，啥事勿管。就在這三不管的時刻，張鵬飛忽然拿著手槍到我家來找父親尋仇了，他想找回美麗的女友，但是這麗姝早就消息杳杳，像章臺柳一樣，不知攀折於何人之手啦。

還好，我家在淪陷前炮戰熾烈時，已搬到市中心的旅社去住，並不住在家中，而且三五天就換一家旅社，雖然張鵬飛又追蹤到旅社來，我家早已遷移，沒被他尋著。他又去找那位女性國大代表算賬，這位姓華的代表早去了臺灣。

張鵬飛的滿腔怒火無處宣洩，就去找李霖醫師出氣，帶了二個人去李醫師診所搶走醫療器材、搶刼藥品與財物。這些都是父親後來要逃往香港時，才聽李霖醫師說起的，父親聽了禁不住爲自己揑把冷汗，大哥年輕好奇，只想炒熱一條轟動的新聞，哪裡考慮過後果如何？一個美人絕色上門來拜乾爹，竟是如此大禍一樁哩！

我家陸續逃來臺灣後，大概在民國四十一年左右，我在臺南圖書館中看晚報，報上刊著「張鵬飛在上海被槍決」的消息，不知道這張鵬飛是否卽是炒新聞丟了女友、又挾憤去搶醫院的他呢？至於「乾姐」張黛琳就一直沒有絲毫音訊了。

由於童年深刻的記憶，使我後來每逢報上寫著某人「斷食多少年」，或是古書中記著某人「絕粒多少年」，我就會想起留德名醫李霖大夫的話：「是間歇性胃病，不是什麼神仙！」

民國83、9、2《中華日報》

佛陀現身記

在父親的回憶裡，沒有比親見阿彌陀佛現身更興奮的了。

簡述父母親的學佛因緣，是這樣的：父親五十歲生日那天，帶著母親，一同皈依佛教密宗上師王家齊，上師的法名是蓮華正覺，他是諾那活佛的弟子，也是紅教中首傳的漢人金剛阿闍黎。

父親皈依那天，正好也是王家齊上師的五十壽慶，於是替父親取法名叫蓮華壽明，母親叫蓮華慧光。我現在想起來，很可能是因爲父親的本尊是阿彌陀佛，亦卽無量壽如來，才取個「壽」字，母親的本尊是福慧無量的黃度母，才取名中有「慧」字吧？

可是父親獲得「壽明」的法名，十分開心，同學們都來祝賀，因爲當時正逢徐蚌會戰失利之後，半壁江山，淪爲劫火，人心惶惶，朝不保夕，所以大家起哄說：「上師給你的法名裡有『壽』字，你一定逃得過共黨殺戮的刧數！」父親為此也私心暗喜。

有一天，父母親也帶我去參見上師，當時這位金剛上師是在上海蔡元培的公子蔡無忌家中弘法，密教的道場法器眾多，陳設的圖像及軌儀帶點神祕，幼小的我覺得氣氛特別莊嚴肅穆，當我向上師頂禮後，他用手輕輕按在我頭頂上，緩緩摩動，閉著他的眼睛，口中念念有詞，大約有十分鐘，據父親告訴我，這是替我添加智慧。

當時大家都在想逃難，社會新聞也極聳人聽聞，什麼火車行李裡包裝著分屍哩，上天下雨竟是斑斑血跡哩，有人專門用削利的竹筒挖別人眼睛，竹籃子裡有半籃子眼珠哩，逃往臺灣的太平輪被人炸沈哩……天天有教人毛骨悚立的報導，社會極度擾攘不安。上師帶大家修「馬王金剛法」，希望能挽此魔劫，修畢感到挽救無望，於是有人問上師：

「上海守得住嗎？廣州守得住嗎？……」

「只剩臺灣，要走就快去臺灣。」上師答。

父親猶豫不決，因為孩子眾多，前番抗戰時逃難於山區逃怕了，臺灣又少熟人，也問上師道：

「我會被共產黨殺死嗎？我回浙江鄉下去躲躲可以安全嗎？」

上師略作凝靜，便開示道：「魔鬼不能殺你，但是你必須勤修護法心咒，有災難時會有人提醒你的！」

父親篤信密宗上師不會有「虛言」，就決定不往臺灣逃，上師爲此特別傳授一個大護法摩訶伽剌上師的神咒給父母親。不久，上海淪陷了，中共初來時，軍隊都很有禮貌，幹部們暗底裡收集資料，認識環境，表面上一切聽任自由，像一個很寬緩的繩套，慢慢地勒緊你的脖子來。父母親帶著孩子回到浙江農村去，每天除了勤修本尊及觀世音外，就勤修紅護法。

到了三十八年冬天，鬥爭清算還沒開始，但江南一帶有了水災，各地興起掘墓的風氣，舊棺材倒出屍骨帶著石灰陳跡也在街頭出售，許多人流傳一句話：「早點死有棺材睡，晚死的沒棺材了！」當時中共又瘋狂推行節約，不准穿絲綢新衣，害得浙西的大批養蠶人家，流離乞食，難民潮一波一波湧來，家家心頭是沈甸甸的，父親夜晚偷聽臺灣廣播，心情也十分緊張。

浙江西塘鎮上有位西南聯大退休的教授胡夢麈老先生，他曾皈依貢噶上師，屬於密宗白教，王家齊上師也曾皈依貢噶，通紅白二教，法軌教本有不少相同的，所以胡教授約父母親在農曆十一月十一日起，到西塘去參加「彌陀佛七」的法會。但到了那天，寒流壓境，風雨大作，西塘附近都是沼澤湖泊，浪濤巨大，船隻都停航，所以父母親就決定在村子裡修法，不去西塘了。

從農曆十一月十一日至十七日（十七日爲阿彌陀佛生日），特別持阿彌陀佛心咒及觀世音心咒，各達十萬遍。由於人心浮動恐怖，父母親祈求佛佑之心也愈切，持誦念咒也十分虔敬。這時上師蓮華正覺已去了西康一帶，蔡無忌也隨行，想追隨貢噶去。密宗的心咒都必須經由師授，才可修持，上師遠去，只有格外的誠意，全心貫注地念誦，七天念二十萬遍眞言，必須心無一點雜念才行。

專心念咒，幾天風雨不停，狂風拍著窗櫺，修持到十一月十七日深夜，父母親入睡後，房內一無燈光，滿屋漆黑，突然金光萬道，閃爍像霓虹燈，以光線交織而成的七彩阿彌陀佛立像，出現在牀帳之內，與修持時懸在牆頭的平面佛像，一模一樣，只是通體皆活，膚光眼神，立體的活現眼前。母親先醒，看見佛陀現身，驚喜地立卽起坐持咒，一面以手肘推撞父親，父親醒來一見金光佛像，也急忙坐起，和母親同誦心咒，經過七八分鐘，金光才消退，父親急忙問母親看見什麼？母親也急問父親看見什麼？兩人都有點不敢相信，但兩人看到的金光佛像卻是完全相同的。

自從父母親目睹佛陀現身後，持咒益發虔敬，有時我若再要問「佛眞的有嗎」之類的問題，父親簡直有點生氣。

到了民國三十九年，共軍攻下舟山島後，先是命令國民黨員登記，繼則大舉捕人，單是嘉善縣城中，一個晚上就抓走六百多人。父親心意開始驚慌，對母親說：「我的心在幌動，好像必須遠離這兒了！」他不敢忘記上師交代他「勤修護法」的話，夙夜禮佛，忽然一位共黨的積極分子洩漏訊息給我家，洩漏後他又十分後悔，又改稱洩漏的訊息不正確。父親一聽，就趕快上船，繞行幾個村子，逃往上海去了。

當夜，共軍數十人包圍住我家的住宅，未能擒獲父親，而父親仗著護法的保佑，繼續逃往香港。我與二哥在得到父親安抵香港的訊息後，於三十九年底也逃抵香港，到時正爲聖誕節，剛到十五天，民國四十年一月十日，中共就宣布不准人民再往香港，於是母親與妹妹就此陷身大陸，無法再逃了。

父親來臺後，每日勤修誦咒，並對《金剛經》背誦尤勤，自覺心得不少，新義迭出，費了十年光陰，寫成《金剛經貫解》一書。我們後來在「無量壽修願行供養儀軌」中讀到「能誦無量壽如來心眞言十萬徧滿，得見阿彌陀如來」的話，這話果然不錯，父親有機緣親身見證，自然十分歡慰，現在父母親都已下世十餘年，想來均已往生極樂蓮池了吧？

父親曾有一詩，記佛七夜見彌陀現身事：

嚴寒湖上阻風波，

心咒勤持十萬過，
夜帳忽然如電炬，
金光耀爍現彌陀！

這詩父親曾交《慧炬月刊》發表過，現在我也不敢有半句妄語，把詳細經過敘述一遍，作爲這首詩的註腳。卽使有人認爲科學時代談佛陀現身，事涉怪異，不應該寫的，但宗教境界，原本軼出科學之外，而況且「覃思之極，緣心構象」，也未必不是科學中的事呢！

民國79、11《普門雜誌》

一代名醫陳蓮芳

在臺北，曾有一位中醫掛著「陳蓮芳門人」的招牌，那時父親很好奇，去拜訪了這位中醫師，發現他才四十多歲，回家後就連連稱奇，因爲當時陳蓮芳下世已五六十年，再小的門人，也該鬚髮銀白才對。

陳蓮芳是我家鄉的名醫，名聞遐邇，父親對他的事蹟常津津樂道。家鄉人有了重病，一定放船去陳蓮芳那邊，所以躺著病人的船，從遠近四方輳集攏來，總是在河濱排成長龍。

陳醫師一把脈，就立即嘴裡高聲念藥名與劑量，門人爭相筆錄，交與病家去購備煎食，他從不聽病家訴述病情，也不問病人的感覺，一切洞見於脈搏之中。病家拿了陳蓮芳的一帖藥方，往往藥到病除。凡病入膏肓的就據實相告，不再下藥，因此很少人再來求複診，家鄉民眾都尊稱陳醫師爲「陳一帖」。

自從陳醫師爲清室皇上看病歸來，他就用黃布纏著右手，懸掛在胸前，表示那隻把過皇上脈搏的右手，殊堪紀念，不再替別人把脈。後來去求醫的，陳醫師都用左手把脈，一樣效驗非凡。

陳醫師給皇上看病，並不曾一帖見效，只是病情依然，不曾變壞，也不曾好轉。據陳蓮芳最親近的門人後來說，老師曾祕密地告訴他，替皇上看病，最要小心：「病看壞了，生命難保；病若一帖見效，性命也保不住！」

陳蓮芳到北京去看皇帝的病，先向御醫們要了皇帝正在服用的藥方，他很聰明，完全收斂起鋒芒，只照御醫原開的方子，換了一兩樣無關緊要的配料，主藥全部照舊，所以病情沒有什麼變化。他設想得周到，如果皇帝病好了，那是御醫們本來就可以治癒的，功不在我，御醫不至於嫉恨他；如果皇帝病情惡化，責任也不會推給他，表示御醫和他看法一致，用方類似，確實是治不好了。如果皇帝的病不好不壞，那表示大家都已盡心，還得長期調理便是。

陳醫師心裡明白，唯一不可以做的是將醫方大大地改變！那如果病死了，責任全由自己負，死罪難逃；如果病不好不壞，今後一有病情變化，仍有追溯過去「曾吃錯過藥」的風險。萬幸是皇上的病霍然而癒，一帖見效，那就表示左右御醫全都是庸醫，而你這江湖醫士竟然來京師撒野，總有辦法整死你的！

陳蓮芳替皇上治病歸來，當然身價百倍。有一個風雨交作的深夜，來了一艘請求出外診的船，船內布置華麗，像是大戶人家的畫舫，陳醫師帶了些藥，就半夜冒雨上船出診去。

船開進了太湖，風浪拍得船舷發響，又加寒冷，經過了很多蘆葦叢，才到了一個極爲隱密的地方，陳醫師一上岸，見岸上戒備森嚴，心中有點異樣。帶路的人，幾經轉折，進入一座華麗的廳堂，堂上坐著一個濃眉大眼的漢子，在燈燭輝煌間等著他。

那漢子見陳醫師進來，十分有禮，就請丫鬟把陳醫師帶上樓去，替小姐看病。

小姐的病不重，陳大夫一把脈就走下樓來，見那漢子在客廳裡踱來踱去，聽到醫師下樓來，就急問著：

「病情還好嗎？」

陳醫師隨口回應道：「恭喜恭喜，不是病，是懷孕了！」

那漢子一楞，有點驚愕，隨即高揚著眉毛在堂中坐定下來，先前幾個帶路的都圍立在旁，漢子叫人拿銀子謝了醫生，隨即又問了一聲：

「既是懷孕了，大夫能知道是男胎還是女胎？」

陳蓮芳又應了一聲說：「恭喜，是男胎！」

那漢子沒有喜悅之色，低聲拉左右說了一陣話，交代去辦事，然後又坐定下來，翻一翻大眼珠對醫師道：

「如果眞是男胎，那就加倍有賞。」

寒暄不到五分鐘，就看見那帶路的彪形大漢托著一個血淋淋的盆子，從樓上直奔下來，一邊叫著：「眞是男胎！眞是男胎！」

鮮血淋漓中有一團肉，那血盆捧到漢子面前，他瞄了兩眼，向坐在旁側的醫師誇讚說：

「眞是一代名醫！名醫！來，加倍送銀子！」

飽受一夜風寒的陳醫師，這時又經此意外一嚇，渾身汗毛直豎，心裡明白，是到了太湖的土匪寨裡啦！土匪的父親，依然想要有個貞節的女兒，由於陳蓮芳的直口應答，已使這尚未出嫁的樓上少女送命了！

漢子即差人送大夫回寓，陳蓮芳飽經風寒折騰，一到家，就癱瘓下來病倒了。陳大夫的兩個兒子，也跟著學醫十多年，立即替老父診病。老大先替父親把脈，安慰父親道：

「受點風寒，沒什麼要緊，服帖藥出點汗就好。」

老二再替老父把脈，大驚道：

「驚嚇過度，膽囊破裂，不好了！」

陳蓮芳自己的病情自己明白，就叫人錄下遺囑，不久便去世。遺囑上寫著：

「家中一切金銀房地產，全留給老大，就是不准老大行醫。只有一塊招牌留給老二，有這招牌，一切自然都夠了！」

父親說這個故事，是在民國四十八年左右，現在算來，陳蓮芳已下世近百年了吧。

民國78、12、3《聯合報》

地主的腦漿

我的岳父岳母從浙江探親回來，岳母心裡隱藏了一個天大的祕密，回到臺灣才忍不住講了出來。她對正在看報的岳父說：

「你的老爸是被鎗斃了的，一鎗打在頭上，腦漿飛得老遠！」

「爲什麼不早講？」岳父一臉愕然。

「怕你受不了，在大陸上就脾氣發作，會糟糕！」

「難怪我問起老爸的墳墓在哪裡，沒一人答腔。」岳父把手裡的報紙一摔，兩眼淒然。

「哪有墳墓？親戚們說連屍體都不准收殮！這是大家悄悄對我說的，都不敢讓你聽到。」

我聽岳母這樣說，忍不住插嘴道：「那時候中共殺人，都是一鎗以後，再戳三刀，『成分』壞的，家屬都不敢收屍，任憑野狗拖吃。客氣一點的，就叫家屬繳付子彈費，准予收埋。不過，那時候，買得起棺材的人家，已經不多。許多人病了就不肯看醫生，唯恐愈是晚死，愈沒有棺材躺！」

我一邊回憶、一邊說著：民國三十九年秋天，中共「土改」開始，濫殺地主，那時我還留在大陸農村裡，岳父的父親是位小地主，相信也是在那時節遇害的。三十九年秋天，民生凋敝，人民盜掘墳墓的風氣很盛，人民政府也加以鼓勵，正好撤銷土地上面的障礙物嘛。因此販賣舊棺材的風氣很盛，從前的棺木漆工質料都好，把屍骨倒出後，刷洗一下內部的石灰屍跡，再盜運去賣。連舊棺材也買不起的人家，就拿碗櫥鋸掉四隻腳，然後放入屍體，意思意思，草草埋卻。這時舊墳墓紛紛被挖開，誰再做新墳墓？許多到大陸去祭祖掃墓的人，很難想像當時的情形。

我想著講著，岳父聽得入了神。

我記得很清楚，中共實施「土地改革」是有一套步驟的，因爲中共幹部初到江南，都是外地人，不容易深入民間，爭取百姓的同情與合作，所以幹部們首先要找一二個當地百姓都厭恨的土豪劣紳來開刀，贏得百姓喝采以後，再把鬥爭清算的風氣推廣開來，地主、富農、中農……一個個無所倖免。

在我們鎮上，槍斃了漢奸孫重九，鬥爭了刻薄起家的張三嫂以後，就對富農、中農下手了。

一個秋風寒瑟的半夜，後鄰姚家的漢長，在睡夢中被喊醒，衣衫不整地被眾人架到河邊大樹下，他睡眼惺忪，不停發抖，被倒過來吊在大樹上，他在懸空打轉，鬥爭會才開始，中共的幹部帶頭宣布：「有冤報冤，有仇報仇！」

阿火首先過去踢了漢長一腳，訴說他爺爺時代的委曲，幹部就問阿火：

「這賬要怎麼算？」

「我要漢長家的船，把船賠給我。」

幹部就問倒吊著的漢長：「答應吧？」

漢長想辯駁，幹部就大聲吼叫：「不要強辯！」鄉下人聽不懂「強辯」是什麼？就跟著齊喊：「不要鎗斃」，喊完了阿火心裡也在奇怪，既然要嚇他，反而叫什麼「不要鎗斃」？

漢長兩腳被麻繩勒得好痛，在呻吟聲中連連點頭，他一點頭，身體整個旋轉，腳就勒得更痛，不停地在叫：「好嘛！好嘛！答應嘛！」

阿根過去又是一拳，漢長又冷又怕，半醒不醒，滿心驚恐，沒有絲毫抵禦反抗的能力，還沒聽清楚阿根有什麼怨懟，阿根就在叫：「要賠一條牛！」幹部又在問漢長：「答應吧？

答應吧？」漢長痛得直叫：「好嘛！好嘛！答應嘛！」

阿連又過去要漢長賠二石米，阿興又要求賠五石油菜籽，阿福偏看中了漢長家那張八仙桌……？黑洞洞的河邊，一群人要什麼有什麼，漢長連連「答應嘛」求饒，才放他回家。

明天一早，阿火、阿根、阿連、阿興、阿福……就去撐船、拉牛、搬米、搬油菜籽、擡八仙桌……都弄到鎮上去變賣了錢，錢來得好容易啊，快到上海去痛快地花一花。

等阿火阿根在上海玩了幾天回來，荷包已精空，幹部就把他們一夥喊去，大聲呵責道：

「鬥爭來的錢，要報給人民政府的，怎麼可以私下拿去亂花？」

沒本事的老實鄉巴佬，嚇得一句話也說不出來，不知道怎樣辦才好？既是鬥爭來是公家的，為什麼不早說？幹部就私下授意他們道：

「那只好再多想想，還有哪家可以多鬥爭一些呢？」

阿火阿根等就東想西想，至少檢舉十戶可以鬥爭的人家，每家都列舉了數十年來可能想到的「罪狀」。就這樣，中共的幹部把當地的恩怨矛盾全收集了，利用矛盾，把窮人操縱起來。幹部還不時警告他們：「有什麼國特、反動分子，趕快來報告，不然他們會聯合地主，殺你們的頭！」把阿火等嚇得死心塌地做幹部的耳目爪牙。等到富農、中農一家家遭到洗劫，榨光財力以後，才開始沒收土地、鎗殺地主。……

岳父聽到「鎗殺地主」四字，不覺一怔，就感嘆說：「以前大家說中共的種種怪事，還以爲帶點誇張宣傳，親身去大陸一趟，才明白件件都是眞的！」

「這就是開放探親的好處之一嘛！」我說：「三十多年前，我剛從鐵幕中逃到臺灣，愛講大陸上的情形，聲色俱厲，聽的人還以爲是在上『恨匪教育』課程啦，後來講疲了，就不多講，沒想到一開放大陸探親，這些復甦的記憶又變成熱門的話題了！」

這時岳父記起第一批訪臺的大陸留學生參觀臺灣土地改革館的新聞，就揀起報紙，指著上面唸說：「大陸留學生徐邦泰說：共產黨以『打土豪、分田地』的號召取得政權，卻也因土地改革上的失敗，至今衍生很多問題；而國民黨當年因土地問題丟了大陸，卻也因土地改革而創造了臺灣奇蹟。……」

「說得很有道理。」我說。

「這麼看來，中共用子彈打出地主的腦漿，遠不如臺灣用實物債券與公司股票給地主的好。」

「用子彈取腦漿，做起來最簡單便捷，共黨認爲只要瓜分地主富農的錢，大家就可以有飯吃了，這眞是窮措大與綁票匪徒的簡單想法呀！經濟財富是要靠整個社會互相合作才能創造的。」我說。

岳父再唸著報紙:「另一位大陸留學生裴敏欣在問:臺灣土地改革進行之初,是否有地主的阻力?土地改革館的人回答道:有錢的大地主,都以身作則配合政府的政策……」

「這回答就嫌太堂皇了一點,唱反調的人雖然少,還是有的。」我說:「有一年我去日本和美國,當地朋友告訴我,在海外搞臺獨的人有二種,一種是二二八事件的後裔,一種就是三七五減租時地主的後裔,爲了土地被耕者所有,至今憤憤不平呢!」

「眞沒見識,他們難道不明白:臺灣土地情況若不改革,就和大陸的悲劇一樣,地主只有等子彈飛來腦袋開花!」岳父放下了報紙,又想著那幕慘劇。

「私利矇住眼睛的時候,誰再去看遠方的事物呢?」我說:「臺灣土地改革成功的例子,姑且不去說稻米增產的數字,或農舍轎車的漂亮吧,只舉我親身經歷的一樁小事來說吧!我在民國四十年到臺灣時,曾去臺南市政府裡做臨時工,抄寫三七五減租的卡片,那時抄寫農戶的名字,都是什麼『陳狗屎』、『郭牛糞』、『曾乞食』……,女的不是叫什麼『罔要』,便是叫『罔市』,是勿要養大的意思,而現在呢?出身農家的子弟,男的叫什麼『武雄』『豐明』還在嫌俗氣;女的叫什麼『美玲』、『淑芬』還覺得太普通啦!單看生活文化層次的提昇,進步得都快呀!」

岳父打趣我說：「大陸的土改，你逢上了；臺灣的土地改革，你又參與了，今天你又聽了我家的悲劇故事，你有責任把它寫下來，作為最好的見證呀！」

民國78、3、9《中央日報》

一碗飯的啓示

臺灣赴大陸探親的文章讀膩了，苦苦苦，一家比一家苦！現在又流行一些大陸來臺灣探病奔喪後寫的見聞觀感，我們身在臺灣也許不覺得是怎樣的事，原來在別人眼裡竟是可以「大書特書」的。

一位曾來臺灣奔喪的人，在北京《團結報》上，描寫臺灣的便當，是昂貴的物價中最廉價的食物，他寫道：

「最便宜的是盒飯，一盒四十元臺幣，飯很少，充其量不過二兩，不夠吃，就再買一盒，不幾天，賀先生給我的一千元錢就所剩無幾了！」

他寫臺灣的物價，樣樣是「連問都不敢去問」的奇貴，但是這充饑的飯盒即使四十元，卻非買不可，在他眼裡，最沒道理的是：每盒中的白米飯很少，「充其量不過二兩」，好像故意一盒不夠要你再買第二盒，再付四十元，民生大事竟用如此設計來賺錢，訴苦給大陸百姓聽，那賣便當的商人眞是有點可惡了。

這令我回想起三十年前，我的二哥永文剛從美國獲得博士學位回臺灣來，他在美國三年多，聲音外貌上都沒什麼改變，就在全家團聚慶祝的晚餐席上，卻發現他有了很大的改變！二哥只吃一碗飯，而我們全家，個個是三碗白米飯，添了又添，大家在餐桌與飯鍋之間，往來穿梭不停，二哥卻把碗筷一擺，忽然若有所悟地冒出了一句：「啊！你們還在每頓吃三碗飯呀！」我們全家也驚愕住了，眼光從四面八方投向二哥的飯碗，不約而同地回叫一句：「你怎麼只吃一碗飯？」

二哥於是說了許多美國的新鮮事，什麼一斤四季豆比一斤鷄肉更貴哩！一根白蘿蔔抵得上三隻龍蝦的價錢哩；美國的農地都鼓勵休耕，不然糧食生產過剩哩；美國人中午不吃飯，只吃一盤生菜沙拉，最多是一個蘋果加二塊餅乾哩……聽得我們像是天方夜譚，心想美國人腸胃味覺都有問題；怎會這樣的呢？

曾幾何時，大陸同胞回北京去也在嘖嘖稱怪了：「飯盒充其量不過二兩白米飯」！臺灣同胞的腸胃味覺是不是也有了問題？一斤四季豆比一斤鷄貴，有時也會發生。這就讓我想到：天下難有一定的是非，各人是本著自己的生活經驗來判斷事物的。時間沒有輪到，我們很難具有前瞻的能力，吃三碗飯的人在笑吃一碗飯的人，如此吝惜，肚子怎麼會飽？哪裡想到我們不久後也都只吃一碗飯了，臺灣的食米也生產過剩啦！至於時間一經逝去，我們也易犯健忘症，少有回顧歷史的心情，吃一碗飯的人，又笑吃三碗飯的人，爲何如此粗俗不文明？忘了不久前，自己仍是非吃三碗不行的！

所以在判斷任何事物的是非時，不要忘了把當時的時空因素放進去，學術的研究，尤其應該如此。

民國80、8、26《中央日報》

三民叢刊書目

①邁向已開發國家　孫　震著
②經濟發展啓示錄　于宗先著
③中國文學講話　王更生著
④紅樓夢新解　潘重規著
⑤紅樓夢新辨　潘重規著
⑥自由與權威　周陽山著
⑦勇往直前
　・傳播經營札記　石永貴著
⑧細微的一炷香　劉紹銘著
⑨文與情　琦　君著
⑩在我們的時代　周志文著
⑪中央社的故事(上)
　・民國二十一年至六十一年　周培敬著
⑫中央社的故事(下)
　・民國二十一年至六十一年　周培敬著

---

⑬梭羅與中國　陳長房著
⑭時代邊緣之聲　龔鵬程著
⑮紅學六十年　潘重規著
⑯解咒與立法　勞思光著
⑰對不起，借過一下　水　晶著
⑱解體分裂的年代　楊　渡著
⑲德國在那裏？(政治、經濟)
　・聯邦德國四十年　郭恆鈺
　許琳菲等著
⑳德國在那裏？(文化、統一)
　・聯邦德國四十年　郭恆鈺
　許琳菲等著
㉑浮生九四
　・雪林回憶錄　蘇雪林著
㉒海天集　莊信正著
㉓日本式心靈
　・文化與社會散論　李永熾著

㉔臺灣文學風貌 李瑞騰著
㉕干儛集 黃翰荻著
㉖作家與作品 謝冰瑩著
㉗冰瑩書信 謝冰瑩著
㉘冰瑩遊記 謝冰瑩著
㉙冰瑩憶往 謝冰瑩著
㉚冰瑩懷舊 謝冰瑩著
㉛與世界文壇對話 鄭樹森著
㉜捉狂下的興嘆 南方朔著
㉝猶記風吹水上鱗 余英時著
・錢穆與現代中國學術
㉞形象與言語 李明明著
・西方現代藝術評論文集
㉟紅學論集 潘重規著
㊱憂鬱與狂熱 孫瑋芒著
㊲黃昏過客 沙究著
㊳帶詩蹺課去 徐望雲著
㊴走出銅像國 龔鵬程著
㊵伴我半世紀的那把琴 鄧昌國著
㊶深層思考與思考深層 劉必榮著
・轉型期國際政治的觀察
㊷瞬間 周志文著
㊸兩岸迷宮遊戲 楊渡著
㊹德國問題與歐洲秩序 彭滂沱著
㊺文學關懷 李瑞騰著
㊻未能忘情 劉紹銘著
㊼發展路上艱難多 孫震著
㊽胡適叢論 周質平著
㊾水與水神 王孝廉著
・中國的民俗與人文
㊿由英雄的人到人的泯滅 金恆杰著
・法國當代文學論集
51 重商主義的窘境 賴建誠著
52 中國文化與現代變遷 余英時著

㊺訪草（第一卷）

陳冠學 著

本書是作者於田園生活中所見所感之作，內有田園畫，有家居圖，有專寫田園聲光、哲理的卷軸。喜愛大自然田園清新景象的讀者，將可從中獲得一份未曾預期的驚喜與滿足；另有一小部分有關人性與人生哲理的文字，則會句句印入您的心底。

㊻藍色的斷想

·孤獨者隨想錄

A·B·C全卷

陳冠學 著

本書是作者暫離大自然和田園，帶著深沈的憂鬱面對人世之作。一路上你將有許多領略與感觸，時或有天光爆破的驚喜；但多數時候，你的心頭將披著一襲輕愁，甚或覆著一領悲情。這是悲觀哲學，卻是被熱情、關心與希望融化了的悲觀哲學。

㊼追不回的永恆

彭歌 著

本書是《聯合報》副刊上「三三草」專欄的結集。作者以其犀利的筆鋒，對種種社會現象痛下針砭，冀望這些警世的短文，能如暮鼓晨鐘般，在這變亂紛乘的時代，起著振聾發聵的作用。

㊽紫水晶戒指

小民 著

俗世間的珍寶，有謂璀燦的鑽石碧玉，有謂顯榮的列鼎封侯。其實生活就是人生最美的寶物，不假外求。非常喜愛紫色的小民女士，以她一貫親切、自然的文筆，輯選出這本小品，好比美麗的紫色禮物，要獻給愛好文學也愛好生活的您。

⑧⑨心路的嬉逐

劉延湘 著

本書筆調清新幽默，論理深刻而又能落實於生活踐履。走一趟作者精心安排的「心路」之旅，您將莞爾一笑，心情頓時開朗。而您也將發現，原以爲只是一條山間小路，結果卻是風景優美，鳥語花香的舒坦大道。

⑨⓪情書外一章

韓秀 著

情與愛是人類謳歌不盡的永恆主題，它爲空虛貧乏的現代生活加添了無數的色彩。本書記錄下了作者在日常生活中感受到的親情、愛情、友情及故園情，在書中點滴的情感交流裡，在這些溫馨的文字中我們是否也能試著尋回一些早已失去的東西。

⑨①情到深處

簡宛 著

本書是作者旅美二十五年後的第二十五本結集。身爲一個教育家，作者以其溫婉親切的筆調，寫出篇篇充滿溫情的佳構，不惟感動人心，亦復激勵人性。將愛、生活與學習確實的體驗，眞正感受到人生的有情，生命也因此生意盎然。

⑨②父女對話

陳冠學 著

一位老父與五歲幼女徜徉在山林之間，山林蓊鬱，山泉甘冽，這裡自有一份孤獨的甘美。本書是記述作者父女在人世僻靜的一個角落，過著遺世獨立的生活的文字畫。舉世滔滔，這應是一面明鏡，堪供讀者對照。

⑼陳冲前傳

嚴歌苓　著

在好萊塢市場，多少人一夜成名直步青雲，又有多少人一朝雲中跌落從此絕跡銀海。身爲一個中國人，陳冲是經過多少奮鬥與波折，身爲一個聰慧多感的女子，她又是經過多少的心路激盪，才能處於這洶湧波濤中。本書將爲您娓娓道出陳冲的故事。

⑼面壁笑人類

祖慰　著

本書是有「怪味小說派」之稱的大陸作家祖慰，在巴黎面壁五年悟得的佳構。他的散文神遊八荒，情貫萬里，將理性的思維和非理性的激情雜揉一起。讀其作品既能吸收大量的科普知識，又可汲取其飄逸文風的美感享受。

⑼不老的詩心

夏鐵肩　著

夏先生一生從事文化工作，大半心力都用在鼓勵培植有潛能的青年人，助他們走上文學貢獻之路。而他本身亦創作出不少的長短佳文。本書收錄計有：詩詞小品、散文、方塊評論等。作者一顆不老的詩心，洋溢在篇篇佳構中。

⑼雲霧之國

合山究　著

使中國風土之特殊性獨具一格的，與其說是天地的廣大，不如說是因塵埃、雲煙等而爲之朦朦朧朧的自然空間吧！精氣、神仙、老莊、龍、山水畫、奇書等，其產生是有如何玄妙的根源啊！就以「雲霧」爲起點，讓我們一起走進這美麗幻夢般的世界。

97 北京城不是一天造成的　喜樂　著

打從距今七百五十多年前開始，北京城走進歷史的繁華紛亂。現在，且輕輕走進史册中尋常百姓的那頁，一盞清茶、幾盤小點，看純中國的揷畫、尋純中國的足跡。由博學多聞的喜樂先生做嚮導，就讓你我在古意盎然中，細聆歲月的故事。

98 兩城憶往　楊孔鑫　著

霧裡的倫敦、浪漫的巴黎，除此之外，這兩城你可還留有其他印象。本書是作者派駐歐洲新聞工作二十多年的記錄。透過作者敏銳的筆觸，且讓讀者徜徉在花都、霧城的政經社會、文化藝術、風土人情以及歷史背景中。

99 詩情與俠骨　莊因　著

一顆明慧的善心與眞摯的情感，經過俠骨詩情的鑄煉，將生活上的人情世事，轉化爲最優美動人的文句，呈現出自然明朗灑脫的風格。文學對於作者而言，不僅是興趣，更是他的生命，但他不泥古而創新，在其文章中俯首可拾古典與現代的完美融合。

100 文化脈動　張錯　著

「我是一個文化悲觀者，因爲我個人一直堅持某種希臘式的古典禮範，而這種文學或文化古典禮範，已日漸有如夫子當年春秋戰國的禮崩樂壞。」作者就是以這顆悲憫的心，用詩人敏銳的筆觸，深刻而熱切的批判著臺灣的文化怪象。

⑩桑樹下

繆天華　著

本書是作者在斗室外桑樹蔭的綠窗下寫就的小品散文。作者試圖在記憶的深處，尋回那些感人甚深的、發人深省的、或者趣味濃郁的人文逸事，不惟激勵讀者高遠的志趣，亦能遠離消沈、絕望的深淵。

⑩牛頓來訪

石家興　著

本書爲作者三十多年來從事科學工作的心情寫照，包括思想、報導、論述、親情、遊記等等。文中處處流露出作者對科學的執著與熱愛，及超越科學之外的人文情懷，篇篇淸新雋永，理中含情，情中有理，爲科學與文學的結合，作了一番完美的見證。

⑩深情回眸

鮑曉暉　著

作者生長在一個顚沛流離的時代，雖然歷經千辛萬苦，但行文於字裏行間，卻不見怨天尤人；有的只是對以往和艱苦環境奮鬥的懷念及對現今生活的珍惜，以及世間人事物的觀照及關懷。做爲一本懷舊之作，或是淸新的生活小品，本書皆爲上乘之作。

⑩新詩補給站

渡也　著

你寫過新詩嗎？你知道如何寫一首具有詩味的新詩？本書是由甫獲得「創世紀四十周年創作奬」的詩人兼詩評論家渡也先生，深入而精闢的剖析一首新詩的形成過程，指導初學者從如何造簡單句到如何寫出一首詩，是一本值得新詩愛好者注意的書。

⑩鳳凰遊

李元洛　著

一生從事古典與現代詩論研究的大陸學者李元洛先生，如何在放下嚴肅的評論之筆，轉而用詩人細膩的筆觸，摹寫山水大地的記行，以及人生轉蓬的寄悵，書中句句是箴語、處處有眞情，值得您細品。

⑩文學人語

高大鵬　著

忙碌的社會分散了人們的注意力、淡化了人們對身旁人事物的感情，任由冷漠充塡在你我四周……而本書的作者以感性的筆觸，表達了自己對身旁人事物的眞心關懷，以平實的文字與讀者分享所遇所感，無疑是給每個冷漠的心靈甘霖般的滋潤。

⑩養狗政治學

鄭赤琰　著

身處地理、政治環境特殊的香港，作者藉由動物的百態來反諷社會上種種光怪陸離的政治現象，在其輕鬆幽默的筆調背後，同時亦蘊含了嚴肅的意義。這一則則的政治寓言，讀之不僅令人莞爾一笑，更具有發人深省的作用，批判中帶有著深切的期盼。

⑩烟　塵

姜　穆　著

作者是一位出生於貴州的苗族人，卻意外的捲入戰爭。在臺娶妻生子後，所抒發對戰亂、種族及親人的眞誠關懷。內容深沈、筆觸清新，充分顯露在生活的烈焰煎熬下，早已視一切如浮雲，淡泊名利，將其一生的激越昂揚盡付千里烟塵中。

⑽ 河 宴

鍾怡雯 著

人間繁華的請柬處處，不如赴一場難得的野宴。聽一回水的演奏、看一場山的表演，再來細細品味鍾怡雯爲您端出來的山野豐盛清淡的饗宴——極盡可口的綠、十分道地的藍，以及不加調味料的白。

⑾ 滬上春秋

章念馳 著

章太炎，這位中國近代史上的思想家、政治家，曾因領導戊戌變法失敗而流亡海外。他雖是浙江餘姚人，卻有大半輩子的歲月是在上海度過。本書是由章太炎的嫡孫章念馳先生，從家族的口述和史料中，完整的敍述章太炎的這段滬上春秋。

⑾ 愛廬談心事

黃永武 著

每個人心中都有一枝彩筆，然而在趕遠路、忙上班的歲月裏，枕頭上的日升月降中，像拋來擲去的跳丸，彩筆就這樣褪去了顏色……本書作者在辭去沈重的教職和繁雜的行政工作後，重拾心中的彩筆，爲您宣說一篇篇的文學心事。

⑿ 吹不散的人影

高大鵬 著

時代替換的快速，不知替換了多少人生舞臺上出現剎那的面孔；而人類，偏又是最健忘的族群。本書中所收錄的文章，均是作者用客觀的筆，爲曾替人類社會或文化默默辛勤耕耘的「園丁」們，做最眞實的文字記錄。

⑬草鞋權貴

嚴歌苓　著

曾經叱吒風雲的老將軍，是程家大院的最高權威，九個承繼他刁鑽聰明的兒女，則個個心懷鬼胎……一個來自鄉下的伶俐女孩，被命運的安排，走入這權貴世家。威權的代溝、情份的激盪、所有內心的驕傲與傷痛，這會是怎樣的衝突，怎樣的一生？

⑭是我們改變了世界

張　放　著

從事文學藝術的工作者是「人類靈魂的工程師」。如果作家不能提高廣大讀者的精神生活品質，而僅爲娛樂人心、滿足人們的好奇和刺激。那麼與馬戲團的小丑或兜售春藥的小販何異？故而作者不禁要問：是我們改變了世界，還是世界改變了我和你？

⑮夢裡有隻小小船

夏小舟　著

日本人參加婚禮愛穿黑色、日本料理味輕單調、日本人性格分ABCD、還有情書居然可以賣……於日本教書的大陸作家夏小舟，在本書除了告訴你作者旅日的見聞趣事外，也且隨她乘坐那夢裡的小小船，航行向那魂縈夢遷的故國灣港中。

⑯狂歡與破碎

林幸謙　著

你可曾聽過溯河魚的傳統？憑著當初離開河源的記憶，激勵著牠們回到了河川盡頭的故鄉。寧願冒著生命的危險，也不願成爲溫暖海洋中的異鄉客。

本書作者由溯河魚的傳統，引入海外華人的悲調，一種狂歡與失落、破碎而複雜的心靈面貌。

國立中央圖書館出版品預行編目資料

愛廬談心事／黃永武著.--初版.--臺
北市：三民，民84
面；　公分.--(三民叢刊；111)
ISBN 957-14-2210-X（平裝）

855　　84000499

著作人　黃永武
發行人　劉振強
著作財產權人　三民書局股份有限公司
臺北市復興北路三八六號
發行所　三民書局股份有限公司
地　址／臺北市復興北路三八六號
郵　撥／〇〇〇九九九八一五號
印刷所　三民書局股份有限公司
門市部　復北店／臺北市復興北路三八六號
重南店／臺北市重慶南路一段六十一號
初　版　中華民國八十四年二月
編　號　S 85295
基本定價　肆元貳角貳分
行政院新聞局登記證局版臺業字第〇二〇〇號

ISBN 957-14-2210-X（平裝）